씩씩한 마음을 담아,

윤빈

나는 멈춘 비행기의
승무원입니다

나는 멈춘 비행기의
승무원입니다

나의 비행은 멈춰도,
당신의 여행은 계속되길

글·그림 우은빈

애플북스

"은빈 씨의 글을 보면 뭐랄까, 이게 진짜 있었던 일인지 믿음이 가질 않아요."

"아, 진짜 있었던 일인데요…."

"나는 지금까지 한 번도 승무원이랑 얘길 해본 적이 없어서 그런가. 일반적으로도 신뢰가 가지는 않을 글이에요."

글을 피드백하는 자리에서 앞에 있던 사람이 내 눈을 보며 한 말이다. 당시엔 자신이 겪어본 적 없다고 아예 없을 일이라고 생각하는 것에 적잖이 놀랐던 것 같다. 우리가 책을 읽고 영화를 보는 이유는 어쩌면 평생 모를 타인의 세상을 한번 살아보고자 함이 아니던가. 나라는 존재로 한 번밖에 살지 못하는 인생, 소설 또는 영화 속의 인물에 한껏 이입하다 보면 또 다른 인생을 더 살아본 기분이 들기도 하는 것인데. 그렇게 세상이 한껏 넓어지는 것인데. 나는 글이 폄하되는 것보다도 이건 있을 수 없는 일이라고 단정 지어진 게 좀 억울했던 것 같다.

주변인과 친구들에게 이 이야기를 했더니 "나도 승무원이랑 대화 자체를 해본 적이 별로 없는걸?", "너처럼 승객과 얘기를 많이 하는 승무원은 잘 못 본 것 같긴 해" 등 예상하지 못했던 반응이 이어졌다.

나는 말을 잘 건다. 더 확실하게 표현하자면 '승무원으로 일하는 기내'의 승객들에게 먼저 말을 잘 건다. 승무원 중에서도 내성적인 사람이 의외로 많지만 비행을 시작하면 대개 본래 성격과는 다른 모습을 갖추는 사람이 많다. 기내라는 공간은 승무원인 우리가 통제하는 곳이기 때문이다. 사무장이 된 이후에는 내가 기내 안전과 서비스의 총책임자이기도 했다. 그래서인지 유니폼을 입고 기내에 오르면 나라는 고유의 색이 옅어지고 오로지 승무원으로 일하는 나로 바뀌는 것도 그리 이상하지 않았다. 안전도, 서비스도, 승객과의 대화로 확실히 더 좋은 방향으로 이끌 수 있음을 느끼게 된 후부턴 승객에게 말을 거는 경우가 더 많아졌다.

승객들에게 말을 걸고 또 걸었다. 대화를 시도하고, 생각보다 많은 피드백을 받으면 다음 비행에서 개선해야 할 부분이 분명해졌다. 이는 앞으로 만날 승객뿐 아니라 일하는 나에게 더 도움이 되는 일이기도 했다. 물어보고 궁금해할수록 승객들은 더 많은 이야기를 해주었다. 내 비행 인생에 잊지 못할 말을 남긴 승객도 많다. 열 명 정도의 일본인 승무원 사이에서 혼자 한국인인 나를 보고 '먼저 정 주고 잘해주라'는 할머니 승객의 말, '부모님껜 용돈보다 자주 연락드리고 얼굴 비추는 게 최고'라던 기러기 아빠 승객의 말, '비행기가 무서웠는데 열심히 안전 점검 하는 승무원을 보니 마음이 놓였다'던 승객의 말까지. 모두 지금의 내 마음에 고스란히 남겨진 말들이다.

슬프게도 코로나가 전파된 후부터는 승객에게 말 걸기에도 신중해졌다. 애초에 가까이 다가가지를 못한다. 기내에서 불특정 다수를 상대하는 승무원이기에 더 조심스럽기도 하다. 코로나가 잠잠해지고 다시 승객들과 대화하며 여행의 설렘을 나눌 수 있는 기회가 생길 때, 이 글을 읽은 누군가를 만나게 되어 정말 이런 얘기까지 나눈다는 것을 직접 경험할 수 있을 때, 그 비행들이 쌓이고 쌓여 비행 일지를 쓰지 않고는 못 배길 때. 그때가 하루 빨리 와야 할 텐데. 말 많고 탈 많던 비행이 그립다. 그게 바로 진짜 비행의 맛인데.

이 글은 내게 진정한 비행의 맛을 알게 해준 사건 사고의 기록이다. 간혹 주변인조차도 이 이야기가 정말 있었던 일이라고는 믿기지 않는다고 얘기한다. 하지만 나는 분명 그곳에 있었고, 잊지 못할 눈빛과 순간을 목격했고, 그렇게 꽤 오랜 시간을 하늘 위에서 보내며 이야기를 차곡차곡 쌓았다. 결국에는 고행으로만 남을 수 있었던 비행을 근사한 여행으로 만들어준 사람들이 있었기 때문이다. 날아다니는 것은 고사하고 뒷걸음질마저 치던 나를 앞으로 끌어준 이들의 이야기. 연약한 시절의 나와 같이 어제도 오늘도 내일도, 주저하고 헤매고 있을 당신에게 이 이야기가 조금이라도 보탬이 되길 바란다.

비행기 속 공간에서 일어나는
치열하고도 따뜻한 당신과 승무원의 이야기

차례

2nd Destination
외모를 관리해야 하는 업무에 대하여

표정과 말에
마음을 얹다

승무원인 우리는
행운아였던 모양이다

이른 아침 비행이었다. 전날 잠을 설친 탓에 눈꺼풀이 메마르고 무거웠다. 승객들도 졸리기는 나와 별반 다르지 않아 보였다. 많은 이가 푸석푸석한 얼굴로 연신 하품을 하며 비행기에 올랐다. 지정된 좌석에 앉자마자 곯아떨어지는 승객도 있었다.

탑승이 마무리될 즈음 한 가족이 등장했다. 젊은 부부와 아이들이었다. 아이는 둘이었는데 갓난아기와 꼬마였다. 엄마 승객은 아기 포대기를 앞으로 두르고 젖병, 물티슈, 기저귀 따위의 아기용품이 담긴 가방을 들고 있었다. 다섯 살쯤 된 남자 아이는 땍땍거리며 엄마에게 매달리다시피 찰싹 붙어서 걸어왔다. 한눈에 봐도 버거운 모습이었다.

아빠로 짐작되는 사람은 양쪽 손을 주머니에 넣고 휘적휘적 걸어왔다. 그는 좌석에 앉기가 무섭게 이어폰을 귀에 꽂고는 영화를 틀더니 팔짱을 끼고 좌석 깊숙이 비스듬하게 앉았다. 엄마 승객은 좌석에 앉지도 못하고 아이 둘을 챙기느라 여념이 없었다. 꼬마는 높은 톤으로 쉼 없이 떠들어댔다. 그녀는 종알대는 아이를 앉히고 좌석 벨트를 매어주었다. 그 와중에도 아이는 애니메이션 영화를 빨리 틀어달라며 성화를 부렸다. 그러던 차에 갓난 아기가 잠에서 깼는지 칭얼거리기 시작하자 엄마 승객은 더욱 정신없어 보였다.

김포에서 출발하여 도쿄 하네다 공항에 도착하는 두 시간 남짓의 비행. 그날 나는 비즈니스 클래스 담당 승무원이었고, 그 가족 승객도 비즈니스 클래스였다. 나는 투덜거리는 꼬마를 달래기 위해 기내에 탑재된 장난감을 주었다. 장난감을 가지고 놀며 부디 조용하길 바라는 마음으로.

그렇게 승객들의 피로와 졸음을 실은 비행기가 이륙했다. 이륙하는 동안 잠깐 앉았을 뿐인데도 밀려오는 졸음에 눈꺼풀이 더 뻑뻑해졌다. 그래도 비행시간이 짧은 만큼 좌석 벨트 사인이 꺼지자마자 재빨리 기내식 서비스를 시작했다. 쪽잠을 자던 승객들도 기내식을 먹기 위해 하나둘 일어났다. 나는 앞줄부터 차례대로 서비스를 이어나가 이윽고 그 가족 승객 앞에 도달했다.

요란스러웠던 아이는 장난감을 한 손에 쥔 채 얌전히 자고 있었다. 엄마 승객도 곤히 잠든 아기를 안고 꾸벅꾸벅 졸고 있었다. 그러거나 말거나 영화를 보던 남편은 기다렸다는 듯이 일어나서 기내식을 받았다. 남편에게 기내식 접시를 건네는 인기척에 그녀가 흠칫 놀라 깼다. 나는 그 틈을 타 식사 여부를 물었다. 시선이 헐겁다는 게 이런 느낌일까. 그녀는 나를 힘없이 올려다보며 괜찮다고 말했다.

내가 너무 졸려서인지 그녀도 이른 아침 시간에 쪽잠을 더 자는 편이 좋겠다고 생각했다. 마음의 일이란 게 때때로 이렇게 어리석다. 나는 무심히 그녀를 지나쳐 다음 줄에 앉은 승객에게 다가가 기내식을 배부했다.

승객 모두에게 식사와 음료를 제공한 후 갤리로 돌아가 갤리 담당 승무원인 선배에게 서비스 경과를 보고했다.

"기내식 배부 모두 끝났습니다. 주무시는 승객 한 분과 식사 안 하시겠다는 승객 한 분 계십니다. 좌석 번호는 여기 적어둘게요."

선배는 뭔가 탐탁지 않은 것을 흘겨보듯 눈을 실처럼 가늘게 뜨고 좌석 번호를 손끝으로 짚었다.

"아니, 식사 안 하신다는 승객… 이 좌석 번호 아기 엄마 승객이잖아요. 맞지?"

"네, 맞아요. 안 드신다고 했어요."

"은빈 씨, 갤리 정리 좀 부탁할게요. 잠시 이 승객분에게 다녀와야겠어요."

선배는 말 끝나기가 무섭게 커튼을 열어젖히며 기내로 나갔다. 나는 얼떨결에 선배 대신 갤리를 정리하기 시작했다. 얼마 지나지 않아 갤리로 돌아온 선배가 기내식 트레이를 하나 꺼내 들었다.

"엄마 승객, 지금 식사하신대요. 먹는 동안 내가 잠깐 아기를 봐주기로 했으니까… 미안하지만 갤리 일 좀 더 부탁해요. 다른 승무원에게도 말은 해놨어요."

"아, 드신대요? 알겠습니다, 선배님."

갤리를 말끔하게 정리한 나는 기내 상황을 살피러 나갔다. 식사를 마친 승객들은 귀마개를 끼거나 안대를 착용한 채 잠을 청했다. 고개가 이리저리 꺾이고 입은 반쯤 벌어져 있었다.

선배는 뒤편에서 아기를 안고 있었는데, 몸을 조금씩 흔들며 어르고 달래는 모습이 꽤 능숙해 보였다.

　기내로 나온 나를 발견한 선배는 고갯짓으로 엄마 승객을 가리켰다. 승객이 식사를 다 마쳤으니 테이블을 정리하라는 신호였다. 나는 곧장 엄마 승객에게 다가갔다. 그리고 그녀 앞에 놓인 기내식 접시를 내려다보고는 조금 놀라고 말았다. 식사를 하지 않겠다는 말이 무색하리만치 접시가 너무 깨끗하게 비어 있었던 것이다. 메인 요리는 물론이고 애피타이저마저 남김없이 싹 다 해치운 상태였다. 그 와중에도 옆 좌석에 앉은 남편은 영화 감상에 푹 빠져 있었다.

　나는 그녀에게 조심스레 말을 걸었다.

　"손님, 다 드셨으면 트레이 치워드리겠습니다. 따뜻한 녹차나 커피 한잔하시겠어요?"

　"괜찮아요. 덕분에 식사 잘 했어요. 이제 아기는 제가 볼게요. 잘 먹었습니다."

　나는 빈 접시를 가지고 갤리로 돌아갔고 선배는 그녀에게 아기를 안겨주었다. 갤리에 들어와 카트 안으로 빈 접시를 넣고 있는데 선배가 갤리 커튼을 다시 한번 확 열어젖히며 들어왔다. 선배는 목이 탔는지 물부터 꺼내 마시더니 씩씩거리며 말했다.

"은빈 씨, 고마워요. 이제 갤리 정리는 내가 마무리할게요. 아니 근데 저 남편은… 아내도 당연히 배고플 텐데 애 돌보느라 못 먹는 게 보이지도 않나? 어휴! 내가 다 열불 나네!"

"그래도… 선배님 덕분에 식사 잘 하셔서 다행이에요. 트레이를 완전 싹 다 비우셨더라고요."

"그럼! 아기 낳고 키우는 게 체력적으로 얼마나 힘든데. 나도 처녀 시절 밥 먹을 때는 다들 나보고 입 짧다고 그랬어. 그랬던 나도 아기 낳고는 먹을 수 있을 때 먹어둬야 하니까 그냥 시간만 되면 입으로 쑤셔 넣었다고. 아들이 커서 어떤 여자를 만나야 하는지 나한테 조언을 구한다면 뭐라고 말하고 싶었는지 알아? 힘센 여자, 덩치 좋고 건강한 여자! 오죽하면 그런 여자 만나서 힘차게 살라 하고 싶었다니까. 내가 해보니까 정말… 집안일이며 애 보는 거며 체력 소모가 엄청나."

아직 육아를 해보지 않은 나로서는 그저 고개를 끄덕거릴 수밖에 없었다. 커튼 사이로 밖을 내다보니 아기 기저귀를 갈아주기 위해 화장실 앞에 서 있는 엄마 승객의 모습이 보였다. 선배가 한 말 때문이었는지, 엄마 승객의 애달픈 모습 때문이었는지 한 장면이 불현듯 떠올랐다.

작년 한여름인가, 엄마와 함께 버스 정류장에 앉아 있었다. 한창 시시콜콜한 이야기를 나누고 있는데 버스 한 대가 우리 앞에 섰다. 젊은 아기 엄마가 뒷문으로 힘겹게 유모차를 내리기 시작했다. 포대기로 아기를 앞으로 둘러매 더 힘들어 보였다. '힘들 텐데…' 하고 생각하는 몇 초 사이에 아기 엄마가 버스에서 내렸다. 그리고 인도로 올라와 유모차를 펼친 다음 아기를 유모차에 앉히고는 유유히 걸어갔다. 이내 우리가 타야 할 버스가 왔고 나는 엄마와 뒷좌석에 나란히 앉아 창밖 풍경을 바라봤다. 엄마는 혼잣말인지 나에게 하는 말인지 모르게 중얼거렸다.

"아까 그 아기 엄마 있잖니. 우리가 도와줘야 했는데 말이야…."

나는 그러게, 라고 시답잖게 대답한 뒤 다시 창밖으로 시선을 던졌다. 그로부터 얼마 지나지 않아 내일 비행 가기 싫다며 투덜거리는 내게 엄마는 승무원이라는 직업의 좋은 점을 짚어주었다.

"남을 배려하고 도울 수 있는 직업이잖아. 게다가 승객 안전을 위한 일은 물론, 때로는 생명까지 책임지기도 하잖니. 예전에 샌프란시스코 공항에서 사고 났을 때 그 항공사 승무원들 보렴. 부상당한 승객을 업고 뛰면서 탈출을 도왔잖아. 비행기에 마지막으로 남은 단 한 명의 승객까지 확인하고 책임지는 그 모습이 세계인에게 감동을 준 거야. 아마도 그 승무원들은 위기 상황에서 침착하게 승객을 먼저 생각해야 한다는… 그런 생각을 항상 하면서 비행에 임했을 거야. 그러면 진짜로 남을 도와야 할 상황과 맞닥뜨렸을 때, 생각하기도 전에 몸이 먼저 움직이거든.

과거에 크게 났던 여객선 사고도 마찬가지 아니었을까? 생각이란 걸 하기도 전에 몸이 먼저 반응한 거지. 나 먼저 살고 봐야 한다는 본능이 그들의 몸을 움직인 거야. 평소에도 이기적으로 생각하고 살았으니까 정말로 다른 사람을 도와야 할 때 도와야겠다는 생각을 하기도 전에 도망치고 만 거지. 그래서 생각이 무서운 거야.

엄마는 그래서… 지난번 버스 정류장에서 봤던 아기 엄마가 아직도 생각나. 그때 도와줬어야 했는데, 하고 말이야. 남을 더 돕고, 남에게 더 잘해주려고 생각하며 살았다면 망설이지 않았을 거다. 몇 초 사이에 그 기회는 날아가 버리잖니.

그러니 네 직업이 얼마나 좋으니. 도와주려고 마음만 먹고 주변을 살피면 사람들에게 베풀 수 있는 일 천지잖아. 네 말마

따나 승객들이 비행기 타는 순간 아이가 되는 것 같다면서. 먹는 것부터 시작해서 아프거나 모르는 게 있으면 다 너에게 물어보고 의지하잖니. 그걸 귀찮다고 생각하면 성가신 일이 되지만 기왕이면 내가 매일같이 타인에게 직접적인 도움을 줄 수 있어서 기쁘다고 생각하면 좋잖아."

나는 동조하지도 부정하지도 않았다. 비행 가기 싫다고 괜히 한 번 투정 부리고 싶었을 뿐인데 너무 거창한 답변이 돌아와서 무어라 대답해야 할지 몰라 입이 다물어졌다. 그래도 엄마가 한 말은 분명 맞는 말이었기에 비행을 하면서 때때로 떠올리곤 했다.

그날 비행에서 나는 밀려오는 졸음으로 반쯤 가려진 눈과 게으른 심보 탓에 아기 엄마 승객의 형편을 깊게 헤아리지 못했다. 선배가 아니었다면 승객은 결국 아침밥도 못 먹고 비행기에서 내렸을 거다. 반들반들 깔끔하게 비운 기내식 트레이가 무색하게 말이다.

착륙 후에도 엄마 승객은 바리바리 짐을 싸고 챙기느라 맨마지막에 내렸다. 나와 선배도 빠뜨리고 가는 물건은 없는지 좌석 주변을 살폈다. 드디어 내릴 준비를 마친 그녀가 선배에게 눈짓을 보내며 목례를 했다. 고맙다는 말이나 거추장스러운 인사치레는 없었다.

엄마끼리는 통하는 게 있는지 선배도 그녀를 지그시 바라보며 고개를 살짝 끄덕였다. 선배는 빙긋 웃었는데, 웃는 얼굴 위로 울음의 표정이 겹쳐지는 것도 같았다. 순간 나는 아리기도 하고 멍멍한 듯도 한 낯선 심정이 되었다. 마음 깊은 곳이 더운 기운으로 차오르는 것 같았다. 어쩌면 엄마 말대로 승무원인 우리는 정말 행운아인 모양이다.

어떤 직업에서든 자신만의 가치를 찾는 일. 그렇게 조금씩 해나가고 있는 것 같아요. 아직 한참 멀었지만요.

외로이 불을 밝히는 이들에게
빛을 더해

이륙하자마자 환자가 발생했다. 30대로 보이는 남자 승객이었는데 호흡 곤란과 함께 점점 의식을 잃어갔다. 마침 기내에 의사가 있어 진단을 받을 수 있었다. 의사는 되도록 빨리 병원으로 가야 한다고 말했다. 기장님은 기내 환자를 병원으로 이송하기 위해 샌프란시스코 공항에서 가장 가까운 로스앤젤레스 공항에 착륙하기로 결정했다. 문제는 바로 착륙할 수 없다는 점이었다. 그날 비행은 샌프란시스코에서 일본 나리타 공항으로 돌아오는 노선이었고, 비행시간은 9시간 정도였다. 장거리 비행인지라 연료가 가득 실린 상태였다. 이럴 경우 연료를 어느 정도 소모하고 착륙해야 한다. 그렇지 않으면 오버웨잇(over-weight) 착륙으로, 비행기의 무게 때문에 랜딩 기어가 부러지거나 타이어가 터져 기체에 큰 문제가 생길 수 있기 때문이다. 결국 상공에서 일정 시간을 선회하며 연료를 소모한 후 로스앤젤레스 공항에 내리기로 했다. 그동안 승객은 기내에서 승무원이 제공한 구급용 산소 공급 기구에 의지하며 버텼다. 가쁘게 호흡하는 승객의 상태는 아슬아슬해 보였지만 착륙하기까지는 거의 2시간이 넘게 걸렸다. 혹시나 하는 생각에 정신이 아찔해질 때면 고개를 세차게 가로저으며 환자를 더 잘 살폈다.

로스앤젤레스 공항에는 미리 연락을 받고 온 구급차가 대기하고 있었다. 우리는 지상 직원과 구급 대원에게 승객의 상태를 시간대별로 상세히 기록한 카드를 넘겼다. 무사히 병원으로 이송할 수 있어 다행이었다. 가슴이라도 쓸어내리며 한숨 돌리고 싶었지만 그럴 여유는 없었다. 비행기가 제시간에 도착하지 못할 것을 염려한 승객들의 빗발치는 문의에 응대해야 했고, 갑자기 착륙하게 된 로스앤젤레스 공항에서는 다시 이륙하기까지 밟아야 할 절차가 상당히 많았다.

지상에서 지체되는 시간이 생각보다 오래되자 승객들의

볼멘소리와 원성이 높아만 갔다. 나리타 공항에서 환승하는 승객들은 연결편을 이미 놓쳤거나 놓칠 위기에 처해 있었다. 극도로 화난 승객들에게 내가 해줄 수 있는 말은 애석하게도 별로 없었다. 대체 항공편을 마련하거나 숙박 시설을 제공하는 건 일본 나리타 공항의 지상 직원이 처리할 문제였다. 로스앤젤레스 공항에 있는 승무원인 내가 구체적으로 알아봐 줄 수는 없었다. 하지만 그건 우리 사정일 뿐, 승객들의 화를 가라앉힐 순 없었다. 뚜렷한 답변을 내놓지 못하는 승무원에게 몇몇 승객이 거칠게 분노를 표했다.

"You stupid!"

"What the hell do you know?"

노발대발하는 승객들이 하필이면 럭비 선수처럼 덩치 좋은 외국인이어서 더 무서웠다. 승객들 사이를 오갈 때마다 욕받이를 자처할 수밖에 없었고, 기내에 가득 찬 적대감과 냉랭함은 뜨거운 햇빛에 적나라하게 노출된 지렁이처럼 나의 온몸을 잔뜩 쪼그라들게 만들었다. 차라리 지렁이가 되어 땅바닥에 붙어 기어 다니고만 싶은 심정이었다.

사무장은 계속해서 이륙 지연 방송을 내보냈고, 나는 기내 복도를 꾸물꾸물 걸어 다니며 승객들에게 개별적으로 설명을 드렸다. 마지막으로 기내를 돌아보는데 한 승객이 눈에 들어왔다. 그는 열 내고 있는 승객들 가운데 혼자서 덤덤히 책을 읽고 있었다. 좀 전에 내게 최종 도착 시간이 어느 정도 되느냐며 차분하게 물어왔던 인도계 미국인 승객이었다. 일본에 도착하자마자 중요한 회의가 있다고 했는데, 도착하면 이미 회의는 끝나고도 남을 시간이었다. 나는 그에게 다가가 회의를 놓쳐서 어떡하냐며, 정말 죄송하다는 말과 함께 사정을 설명했다. 그는 "잇츠 오케이"로 말문을 열었다.

"환자가 발생했으니 어쩔 수 없었잖아요. 그나저나 그 승객은 이제 괜찮나요?"

이륙 직후 졸지에 환자가 된 승객의 안부까지 물어봐 주어 살짝 당황하고 말았다.

"네, 구급차로 바로 호송되었으니 무사할 거예요."

그는 짧은 한숨을 내쉬더니 입꼬리를 올리며 말했다.

"다행이네요. 저도 괜찮아요. 승무원인 당신들이 제일 힘들 거 알아요. 아무튼, 저는 괜찮습니다."

나는 갑자기 훅 들어온 위로의 말에 울컥하면서도 어찌할 바를 몰랐다. 중요하다는 회의까지 놓친 마당에 아픈 환자를 걱정해 주고, 그 와중에 승무원의 노고까지 격려하다니. 욕받이 처지에서 마땅히 존중받은 나는 잘못하면 울어버릴 것 같아 웃으며 "땡큐"를 날리고 급하게 자리를 떠버렸다.

소모한 연료를 채우고 이런저런 절차를 밟느라 지상에서 2시간 반 경과 후 마침내 이륙 사인이 떨어졌고, 꼬박 9시간을 다시 날아 일본에 도착했다. 밤 10시에 가까운 시각이었다. 원래대로라면 도착 예정 시간은 오후 3시였다. 몸이 너무 피로했지만 날 선 승객들의 눈빛에 정신은 어느 때보다 바짝 긴장한 상태였다. 날카로운 눈빛에 차마 눈을 마주칠 수가 없어 콧등 언저리나 인중쯤을 바라봤던 것 같다. 기본적인 승객 하기 인사로는 환한 웃음과 함께 기내에서 다시 만나 뵙기를 바란다는 말을 전하는데, 다시는 우리 비행기에 타고 싶지 않다는 승객들에게 그렇게 말할 수는 없었다. 나는 웃음도 울음도 아닌 어정쩡한 표정을 지으며 '감사합니다'와 '죄송합니다'를 연발했다. 땅이 꺼질 듯 한숨을 내쉬며 하기하는 승객들에게 두 손을 모으고 인사할 때였다. 유일하게 "잇츠 오케이"라고 말해준 승객이 나를 불러 고개를 들게 했다. 그는 미간을 찡그리는 웃음으로 분명하게 말했다.

"Hey, Miss WOO! You did a good job today."

그 말에, 나는 너무나 허무하리만치 다시 "땡큐"라는 말밖에 하지 못했다. 한마디라도 더 했다간 눈물이 왈칵 쏟아질 게 뻔했기 때문이었다. 잔뜩 충혈된 눈이 뜨겁고도 벌겋게 달아올랐고, 그는 그런 나에게 엄지손가락을 치켜세워 보였다. 그 장면은 오래오래 가슴속에 남아 마음을 훈훈하게 덥혀주었다.

지금 와 생각해 보면 그 승객만 승무원의 노고를 알아봐 준 건 아니라고 생각한다. 분명 다른 몇몇 승객도 승무원은 배로 더 힘들겠다고 생각했을 것이다. 굳이 그런 마음을 표현한 승객이 그 사람 하나였을 뿐이다. 대부분은 그냥 별말 않고 앉아 있다 내린 것만으로도 승무원에게 도움을 줬다고 여길 터다. 가만하고 있던 승객들에게도 나는 무한 감사를 느낀다. 그리고 부러 내게 한마디 해준 그 승객에겐, 무한 경의와 용기와 기개를 동시에 느낀다. 그날 눈알이 빠지고 금방이라도 맥이 풀려 쓰러질 것 같았던 나에게, 죄인 아닌 죄인이었던 나에게 "You did a good job today" 이 한마디는 정말 특별했다. 그 한마디 덕분에 그날 힘들었던 비행의 기억이 흑빛에서 파스텔톤으로 바뀌어 버렸다. 제때 제대로 입 밖으로 내어놓는 말의 힘이었다.

이후로도 비행하며 비슷한 상황을 겪을 때 나는 가끔씩 그를 떠올렸고, 비행을 마친 일상에서 점차 주위를 또렷이 의식하게 되었다. 내가 일하지 않는 지상에선 또 다른 사람들이 바통을 이어받아 고군분투하고 있었다. 그런 그들을 더 이상 모른 척, 보이지 않는 척 지나치고 싶지 않았다. 언제부턴가 나는 마트나 은행 입구에 각 잡고 서 있는 보안 직원에게 "수고하십니다" 인사를 건넸고, 버스를 탈 때 버스 기사님에게 짧게 목례하며 "안녕하세요" 하고 외쳤다. 건물 화장실에서 청소 노동자를 마주치기라도 하면 화장실이 깨끗하다거나 수고 많으시다는 감사의 말을 덧붙였고, 카페에서 그저 받아만 먹던 커피 한 잔에도 "잘 먹겠습니다" 인사를 빼먹지 않았다. 인스타나 브런치, 유튜브에선 내가 좋아하는 크리에이터에게 짧더라도 꼭 응원하는 댓글을 달았다. 혼자서 외로이 불을 밝히는 그들에게 불빛을 더해주고 싶었다.

.... 📍 ....

내가 받았던 "오늘 수고했어요", 그 한마디를 누군가에겐 꼭 돌려주고 싶었습니다. 유독 지쳐 있을 누군가에게 그 말이 힘이 되어 활력을 되찾길 바랐습니다. 그러면 그 사람은 또 다른 누군가의 수고를 알아보고 어떤 형태의 말이라도 남기게 될 것이라 믿었기 때문입니다. 수고하는 사람이 다른 사람의 수고를 알아보며 세상은 그렇게 한없이 미더워지지 않을까 하는 바람도 함께 담습니다.

"무엇이 필요하신가요?"라고
물을 수 있는 직업

"Don't touch me!"

비행하다 보면 간혹가다 이렇게 외치고 싶을 때가 있다. 내 몸을 향해 시도 때도 없이, 부위를 가리지 않고 뻗쳐 오는 승객들의 터치 습격 때문이다. 팔목이나 어깨는 무난한 편이다. 비좁은 통로에서 분주하게 움직이는 내 몸과 승객이 뻗은 손이 타이밍 안 좋게 맞아떨어지면, 그 손짓은 옆구리나 허리 또는 엉덩이에 가 닿는다. 그럼 나는 깜짝 놀랄 수밖에 없다. 아무리 비행을 해도 익숙해지지 않는 일이다.

물이라도 한잔 마시고 싶은데 잽싸게 스쳐 지나가는 얄미운 승무원을 붙잡고자 말보다 손이 먼저 나가는 마음은 이해한다. 내가 승객일 때에도 빠르게 휙휙 지나가 버리는 승무원 한번 부를라치면 몇 번이고 타이밍을 놓쳤으니까.

같은 승무원으로서 변명을 해보자면, 예를 들어 이코노미 클래스에는 기종에 따라 이삼백 명의 승객으로 가득 차는데 그 사이에서 정신없이 걸어 다니다 보면 한 분 한 분을 제대로 살피기가 어렵다. 눈에 들어오지 않는다고 하는 게 정확할 것이다. 창가 좌석부터 통로 쪽 승객까지 꼼꼼히 보려고 애쓰지만, 분명 내가 알아채지 못하는 부분이나 놓치는 승객이 있다. 그러면 콜 버튼(승무원 호출 버튼)을 꾹 눌러주면 좋을 텐데 많은 승객이 무심코 손부터 뻗는다. 연세 드신 분들은 콜 버튼의 위치와 용도조차 잘 모르는 경우도 많다.

그날은 유난히 터치 습격이 많은 날이었다. 내가 더욱 세심하게 승객을 살피지 못한 탓인지 아니면 승객들의 성격이 급한 탓인지 몰라도 서비스 중 족히 열 번은 터치 습격을 받았다. 방심하고 있는 틈에 갑자기 허리나 옆구리처럼 몸의 예민한 부분을 건드리면 놀라고 불쾌한 기분이 들기 마련이다. 나는 가뜩이나 간지럼을 심하게 타는지라 친구가 장난으로 살짝만 간지럽혀도 '빽!' 하고 소리를 질러 공공장소에서 민망한 상황이 연출될 때가 많았다.

　나는 가장 예민한 부위인 옆구리 습격을 여러 번 받아 신경이 날카로울 대로 날카로워져 있었다. 결국 일이 터졌다. 등 뒤에서 옆구리로 터치 습격이 한 번 더 들어온 거다. 화가 치밀어 오르는 심정을 오랜만에 느꼈다.

　'맞다. 이거지, 이거.'

　뒤로 홱 돌아 내가 지을 수 있는 최대한 싸늘한 표정을 지어 보였다.

　돌아보니 젊은 여성 승객이 담담한 얼굴로 나를 멀거니 올려다보고 있었다. 남을 그렇게 놀라게 만든 당사자의 맥없는 눈빛을 보자니 더 화가 치밀었다. 나는 손님이 무안하게끔 한껏 낮게 깐 목소리로 다그치듯 말했다.

　"손님, 필요하신 게 있으면, 리모컨의 승무원 호출 버튼을! 눌러주세요. 호출 버튼으로! 승무원을 부르면 되는 겁니다."

　미안하다든가 멋쩍어하는 반응은커녕 승객은 여전히 나를 가만히 보고만 있었다. 나는 다시 한번 강조하며 말했다.

　"(어금니 꽉 깨물고 한 음절 한 음절 꾹꾹 눌러 말하듯이) 요구 사항이 있으면, 저.의. 몸.이. 아.닌. 이 버튼을! 눌.러.주.십.시.오."

　이만하면 알아들었겠지 생각하며 그녀를 보았다. 그녀는

주춤하다 입 모양으로 '죄송합니다'라고 했다. 마치 음 소거 한 영상 속 화면처럼 뻥긋거리는 입 모양만으로 '죄.송.합.니.다' 라고.

그 순간 섬광처럼 번쩍 내 머릿속을 스쳐 지나간 좌석 번호가 있었으니, 언어 장애 및 Deaf(청각장애가 있는) 승객의 좌석 번호 40H. 나는 고개를 들어 그녀의 좌석 번호를 확인했고, 그녀는 40H 좌석에 앉아 있었다.

승무원들은 비행 전 브리핑 시간에 그날 비행 기종에 따른 안전 지식과 서비스 방법을 확인한다. 그 외에도 유의해야 할 승객에 관한 정보를 공유한다. 나는 아침 브리핑 시간에 분명 장애 승객이 있음을 확인했고 좌석 번호도 받아 적어 놓았다. 그랬는데 정작 비행 중엔 새까맣게 잊고 있었던 것이다.

나는 조금 전까지 얼굴 가득 띠고 있던 화난 기색을 버리고 입 모양을 크게 만들어 그녀에게 무엇이 필요한지 물었다. 그녀는 귀퉁이가 찢어진 쪽지를 내밀었고, 거기에는 작은 글씨로 '두통약'이라고 적혀 있었다. 갤리로 돌아와 두통약과 물 한 잔을 챙기며 한숨을 내쉬었다. 승객이 하늘 위에서 의지할 수 있는 유일한 존재가 승무원이라고 여기는 내가 승객에게 수모를 겪게 했다는 생각에 마음이 더부룩했다.

콜 버튼을 모르거나 장애로 인해 승무원에게 소리 내어 말을 걸 수 없어 손이 먼저 나왔을 수도 있다. 그리고 나 역시 기분이 나쁠 수 있다. 그럴 수 있지만, 적어도 나는 그 승객이 언어 장애 및 Deaf 승객인 사실을 잊은 채 화난 표정으로 따박따박 가르치듯이 말해서는 안 됐다. 기내를 가득 채운 승객들 중에서 이미 내 몸을 건드린 열 명의 승객을 지나쳐 하필이면 그 승객에게 감정을 쏟아부은 건 고스란히 나의 잘못이었다.

어찌어찌 비행을 마치고 호텔로 향하는 길에 편의점에 들렀다. 비장한 표정으로 산 물건은 색색의 형광펜 세 자루와 메모지 따위였다. 호텔 방에 들어가자마자 유니폼도 벗지 않고 메모지에 한 자 한 자 힘주어 써 내려갔다.

'무엇이 필요하신가요?' 이 질문에 따른 보기도 마련했다.

1. 음료
2. 음식
3. 비상약
4. 몸 상태가 좋지 않음

'필요하신 것이 있을 때 언제든지 승무원 호출 버튼을 눌러주십시오.'

메모지 하단에는 어설프게나마 스카프를 두른 승무원이 환하게 웃는 얼굴을 그려놓았다. 언제가 될지 모르겠지만, 다음번에 언어 장애 및 Deaf 승객을 맞이하는 비행에서는 이 메모지를 꺼내 보일 수 있을 거란 생각으로 말이다.

승객에게 모욕을 주었던 그날 삐딱했던 나의 처세를 통감하고 용서를 구하겠단 생각으로 한 행동은 고작 그거였다. 메모지에 쓴 친절해 보이는 말과, 역시나 그럴듯하게 다정히 웃어 보이는 승무원 그림이 나를 구해줄 수 있을 거라 생각했는지도 모르겠다. 고작 그것들이 말이다. 고작 그것들이, 그날 그 승객에게 싸늘한 시선을 던져버린 내 우매한 모습을 고이 덮어줄 수 있을 것이란 얄팍한 마음으로.

그 후로 몇 번인가 언어 장애가 있는 승객을 만났습니다. 미리 준비해 두었던 메모지를 꺼내 소통도 원활하게 하곤 했죠. 그럴 때마다 더더욱 그날 저를 멀거니 쳐다보던 승객의 얼굴이 생각났습니다.

그렇게, 먼저 정 주는 일

막자, 끝순….

브리핑 데스크에 앉아 승객 정보를 살피는데 이름에서 승객의 연령대를 대충 짐작했던 것 같다. 이런 이름이 열 분 정도였는데, 나이를 확인하니 아니나 다를까 일흔이 넘는 할머님들이었다. 아마도 단체 여행이나 효도 관광이 아닐까 짐작했다.

비즈니스 클래스에 할머니들이 대거 탑승했다. 빨강, 주황, 자줏빛 등산복의 화려한 색을 가득 담고. 건조한 색감을 띤 기내가 할머니들의 강렬한 옷으로 활력마저 되찾은 느낌이었다.

"에헤, 비즈니스가 좋긴 좋구먼. 이거 좌석 넓은 것 좀 봐."

"하이고, 그라네. 편하긴 하겠어."

할머니들의 대화를 엿들어 보니 비즈니스 클래스는 처음 이용하시는 것 같았다. 그 틈을 타 대화에 끼어들었다.

"네, 맞아요. 여기 좌석 조절하는 버튼 있어요. 이걸로 등받이 각도 조절해서 편안하게 누우실 수 있고요. 아래쪽에 버튼 누르면 발 받침이 앞으로 뻗어 나오니까 다리도 편안하게 쭉 펴시면 돼요."

"에구 에구, 좋구먼. 홀홀."

내가 맡은 서비스 구역의 할머니에게 정식으로 인사할 차례였다.

"탁끝순 손님, 오늘 비즈니스 클래스 담당 우은빈입니다. 한국인은 저 혼자니까 필요한 것 있으시면 언제든지 말씀해 주시기 바랍니다."

할머니는 내가 말하는 중간중간 고개를 끄덕거렸다.

"아이고, 우리 아가씨, 착하기도 하지. 그래요, 언제든지 부를게요. 여기 근데 이따 밥은 주나?"

내가 한 말대로, 할머니는 이륙 후 정말 언제든지 나를 부르셨다. 기내식 서비스를 해나가기가 힘겨울 정도였다. 내 구역의 할머니뿐만 아니라 비즈니스 클래스에 탑승한 단체 손님 할머니들이 한국인 승무원인 나만 찾았기 때문이다.

한 할머니는 좌석 등받이 조정하는 버튼을 마구잡이로 누르고는 앞뒤로 왔다 갔다 작동시켜 보다가 나를 부르셨다.

"이거 어케 눕히나?"

다른 할머니는 화장실 앞에서 손잡이와 끙끙거리며 씨름 중이셨고, 또 다른 할머니는 리모컨 작동법이 서툴러 짜증이 난 모양이었다. 화장실 문을 열어드린 다음 돌아와 리모컨을 잡고 설명하기 시작했다.

"선택할 때는 이 작은 버튼을 누르시고요, 다른 채널을 보고 싶으면 이 버튼을…"

할머니는 내 말을 도중에 낚아채고는 "아이, 나 잘 보이지도 않아! 재밌는 것 좀 틀어줘요" 하셨다.

혼자서 할머니 승객들을 일일이 대응하니 정신이 쏙 나가는 기분이었다. 그렇게 기내를 둘러보는데 한 할머니가 배를 잡고 웅크린 모습이 눈에 띄었다. 탑승 때 정식 인사를 드렸던 할머니였다. 나는 다가가 말을 걸었다.

"손님, 안색이 안 좋아 보이세요. 괜찮으세요? 배 아프세요?"

"응, 속이 안 좋네. 메슥거리기도 하고, 알싸하니 아픈 것 같기도 하고. 체했나…. 혹시 여기 소화제 있어요?"

"에고, 잠시만요. 잠시만 기다리세요."

곧바로 갤리에서 소화제와 미지근한 물을 가져왔다. 할머니와 편안하게 눈을 맞추고 얘기하기 위해 무릎을 꿇고 할머니를 올려다보았다.

"손님, 계속 더 안 좋으시면 저 부르세요. 좌석 좀 편안하게 해드릴까요?"

할머니는 미간을 찡긋하며 말했다.

"아녀. 이게 편해요, 나는."

할머니는 늙어서 굽고 작아진 체구를 더욱 작게 만들려는 듯 배를 감싸 쥐며 등을 숙이고 다리를 오므리셨다. 가만 보고 있자니 작은 아이 같기도 했다. 염색한 머리 밑으로 흰머리도 희끗희끗 보이고 피부는 탄력 없이 처지고 쪼그라들어 주름이 한가득한 얼굴이었지만, 한껏 오그라들어 있는 모양이 꼭 도움을 필요로 하는 아이의 모습 같았다. 나는 두 손을 모아 할머니 손에 가져다 댔다.

"손님, 손 좀 줘보세요. 제가 지압해 드릴게요. 혹시 얹힌 게 내려갈지도 모르니까요. 기내식이 원래 좀 기름기가 많아서 소화하기 힘들 수도 있어요."

우리 할머니가 살아생전 내게 해주었던 것처럼, 할머니 승객 손의 엄지와 검지 사이에 움푹 들어간 자리를 꾹꾹 누르기 시작했다. 할머니는 순순히 손을 내주었다.

"아니 다른 할멈들은 신났는데, 나는 아까부터 영 피곤하고 속도 안 좋고. 촌스럽쟈?"

촌스럽냐고 묻는 말이 귀여워 웃으며 말했다.

"기내는 습도랑 기압도 낮고, 산소 비율이 지상보다 낮아서 쉽게 피로할 수 있어요. 졸리기도 하고요. 이상하신 것 아니에요."

"아, 그런겨? 비행기 타는 게 이렇게 힘든 일인 줄 몰랐네. 내가 처음 타봐, 비행기. 자식들이 언제 또 타보겠냐고, 효도 관광 시켜준다고 그란 긴데. 나한테는 이게 처음이자 마지막이지 않을까 싶어."

나는 처음이자 마지막이라는 말에 한참 동안 대꾸할 말을 찾았다. 가끔 어린 아기 승객이 비행기를 타면 첫 탑승 기념으로 축하 카드와 함께 기념품을 주었다. 첫 비행을 축하하며 챙기는 의식은 익숙했다.

그런데 마지막 비행에 대해서는 잘 생각해 보지도 않았다.

할머니 말마따나 내가 지겹도록 타는 비행기가 누군가에겐 마지막 여행길이고 비행일 수도 있다. 그렇게 생각하니, 오늘 만난 승객은 두 번 다시 만나지 못할 사람일 수도 있다. 내가 매일같이 마주하는 승객은 처음이자 마지막으로 볼 사람들이었다. 항상 그런 인연들로 가득한 기내였다.

나는 할머니 손바닥을 눌러가며 말을 이었다.

"에이… 이번 여행 즐겁게 다녀오시고요. 다음에 여행 가실 때, 그때 또 타면 되죠."

할머니는 작게 웃으며 말했다.

"늙은이가 이래 다녀서 뭐 해. 젊은 애들이 많이 돌아다니고, 보고 배워야지. 근데, 혼자 한국인이라면서. 일본어 잘하나 벼? 일본인들이 잘해줘유?"

"아, 비즈니스 클래스에만 저 혼자 한국인이고요, 이코노미 클래스에 한국인 후배 두 명 있어요. 일본어 간단하게 구사할 줄은 알아요. 일본인들도 뭐, 잘해주고요."

할머니는 으레 그러듯이 고개를 끄덕끄덕했다.

"좋은 데서 일하네. 먼저 정 주고 그랴. 정이란 게 돌고 도는 기라. 먼저 잘해주고 정 주고 그라고 살믄, 그게 다 아가씨한테 돌아오는 겨. 우리 나이가 되믄 다 그래. 그냥 다 이뻐 보이고, 좋고 그래. 곧 내려놓고 갈 세상이라 그런지, 다 신기하고 좋다구. 죽어서까지 가지고 갈 원한 같아도 결국에는 다 여기 놓고 가는 겨. 이왕 놓고 갈 거, 좋은 거 놓구 가면 좋잖여? 그 라니까, 먼저 정 주고 그랴."

나도 할머니를 따라 끄덕거리며 말했다.

"네, 그럴게요. 먼저 정 주고 예뻐하고, 그럴게요."

"그랴. 이제 가서 일 봐유. 내는 좀 괜찮아진 것 같네그려."

"네, 저 그럼 이따 다시 올게요. 혹시 또 몸 상태가 안 좋다 싶으면 바로 승무원 호출 버튼 눌러주세요. 아셨죠?"

나는 밀린 일을 처리하러 서둘러 갤리로 돌아갔다. 착륙 준비 작업과 서비스 물품 정리를 일본인 승무원들이 도맡아 하고 있었다. 미안해하는 내게, 그녀들은 오히려 할머니 승객들을 돌봐줘서 고맙다고 말했다. 자기들이 정리할 테니 나는 기내를 둘러보며 승객들을 살피라고 말해주었다.

그래서 나는 다시 할머니 승객들의 영화 채널을 바꾸고 좌석 각도를 조절하다가 화장실 문을 열었다 닫았고, 그러다 보니 어느새 착륙 사인이 울렸다. 배 아파했던 할머니 승객은 가만히 눈을 감고 있었다. 다른 할머니들은 창문 아래 펼쳐지는 풍경을 보며 한마디씩 했다.

착륙 후 할머니들은 분주하게 짐을 꾸리다 두리번거렸다. 그녀들은 비즈니스 클래스 제일 뒤쪽에 서 있던 나를 발견하고는 방긋 웃으며 연신 손을 흔들어 보였다. 나도 같이 손을 세차게 흔들었다.

그렇게 내리실 줄 알았던 할머니들은 굳이 뒤쪽으로 방향을 틀어 내게 오시더니, 나를 향해 손부터 뻗쳤다. 한 할머니는 내 손을 잡았고 다른 할머니는 팔뚝을 주물러댔다. 또 다른 할머니는 어깨를 툭툭 두드렸다. 나는 순식간에 할머니들에게 푹 둘러싸여 버렸다.

"고마웠어요."

"고마워."

"어이구, 기특해."

"예뻐죽겠어."

하나둘씩 내 몸의 어딘가를 주무르고 돌아서는 할머니들 틈 사이로 아까 배가 아팠던 할머니가 비집고 들어오셨다. 할머니는 내 손을 가져가더니, 손바닥에 뭔가를 쥐어주셨다. 손 안에서 바스락거리는 소리가 났다. 손을 펴 내려다보니, 사탕 네 개가 있었다. 홍삼 사탕이었다.

"내가 줄 건 없구, 이거라도 먹어. 고마웠어유. 조심히 돌아가구."

도쿄 호텔로 돌아가는 길에 사탕 하나를 입에 물었다. 내 돈 주고 사 먹어본 적 없는 홍삼 사탕. 캐리어 끄는 소리가 울려 퍼지는 거리에 할머니가 해주신 말이 작게 깔리는 듯했다.

"먼저 정 주는 겨. 먼저 잘해주고, 정 주고 그랴."

누군가는 그렇게, 그가 했던 말이나 이야기로 기억에 남는다. 그날의 할머니 승객은 내게 이 대사로 남아 있다. 나는 누군가의 기억에 어떤 말을 한 사람으로 남을지 잠시 생각했다. 그대로 호텔을 지나쳐 계속해서 걸어갈 것처럼 헛헛한 발길로 걸었다. 무심코 입 안에서 사탕을 굴리니 할머니가 주신 사탕, 홍삼 사탕이 참 달고 맛있었다.

─────────────────── 📍 ───────────────────

경비 아저씨에게 인사 잘하기. 엘리베이터 문 잡아주기. 가방 안에 있는 초콜릿이나 사탕 나눠 먹기. 카페에서 아르바이트생에게 주문할 때 나도 정중하게 눈 마주치기. 식당에서 음식이 나올 때 감사하다고, 잘 먹겠다고 말하기. 오랜 친구에게 안부 묻기. 생일은 잊지 않고 챙겨주기. 그렇게, 먼저 정 주는 일.

우리는 서로를 응원한다

✈

이륙한 지 얼마 되지 않았을 때였다. 앞쪽 승객들이 다급하게 손짓했다. 기내 제일 뒤쪽에 앉아 있어 거리 때문에 알아들을 수 없었으나 이쪽으로 빨리 좀 와보란 말 같았다. 안전고도에 도달할 때까지는 안전을 위해 승무원도 착석해야 하기에 잠시만 기다려달라는 제스처로 양손을 펼쳐 내보이며 고개를 끄덕였다. 우는 소리가 띄엄띄엄 크게 들려와 아이가 우는 줄로만 알았다. 울산에서 김포로 향하는 비행이었기에 비행시간은 1시간도 채 되지 않았다.

좌석 벨트 착용 사인이 꺼지자마자 곧바로 기내로 나섰다. 앞쪽으로 걸어갈수록 우는 소리가 크고도 선명하게 들려왔다. 급히 다가가 보니 중년 여성 승객이 아이처럼 울먹이고 있었다. 나는 비행공포증(고소공포증, 폐소공포증, 공황장애)을 앓는 승객임을 직감했다. 승객의 좌석은 3A로 창가 쪽이었다. 마침 승객 옆 좌석이 비어 있는지라 냉큼 앉았다.

"손님, 걱정 마세요. 저희가 안전하게 모시겠습니다. 제가 도와드릴 거라도 있을까요?"

승객은 숨넘어갈 듯 울면서도 말을 이었다.

"내가, 내가 비행기 십, 십오 년 만이야. 여행도 안 다녀, 무서워서."

역시, 비행공포증 승객이었다. 이런 경우에는 안전 관련 사항을 논리적으로 설득해야 한다. 정서적인 공감이나 위로보다는 승객이 이 비행에서 안전하다는 사실을 논리적으로 납득시켜야 하는 것이다.

"에고, 그러셨군요. 그런데 오늘 비행은 무서워할 이유가 전혀 없습니다. 비행기는 여행 거리상 가장 안전한 교통수단으로 통하잖아요. 게다가 이 항공기는 세계적으로 가장 안전하게 설계된 항공기입니다('가장'이란 말은 내가 붙였다)."

패닉 승객이 울음을 그치지 않아 나는 어쩔 수 없이 계속해서 말을 이어나갔다.

"특히 오늘의 기장님은 ○○항공에서 25년 이상 비행한 베테랑이십니다. 그래서 저희 항공사에서 특별히 스카우트해서 모셔온 분이에요(그런 적 없다). 저는 예전에 일본의 ○○항공에서 근무했어요. 일본 사람들 얼마나 꼼꼼하고 섬세한지 아시죠? 그곳에서 배운 안전 의식으로 매 비행마다 안전 및 보안 점검을 얼마나 철저하게 하는데요. 저기 저 승무원은 신입인데, 안전 훈련에서 1등 했어요(물론 등수 같은 거 모른다). 오늘 비행은 완전 어벤저스 팀이나 다름없습니다(사실 브리핑 때부터 호흡이 안 맞았다). 제가 손님 안전 책임질 테니, 안심하세요."

차분한 상태에서 들으면 모두 거짓말임을 단번에 알 테지만 다른 뾰족한 수가 없었다. 이 모든 말이 무색하게끔 승객은 더 크게 울어젖혔다. 나는 함께 심호흡하자며 들숨과 날숨을 "후우우, 후우" 과장되게 선보였다. 그때였다. 한 승객이 심리상담가라고 신분을 밝히며 도와주겠다고 나섰다. 신입 승무원이 이를 귀띔해 주었고, 나는 화색이 되어 승객에게 심리상담가분을 소개해 드리겠다고 제안했다. 그러자 승객은 어처구니가 없다는 표정으로 쏘아붙였다.

"사무장님이 책임진다면서요! 책임지겠다면서요!"

나는 기어들어 가는 목소리로 안전은 책임지는데 상담은 전문가분이 저보다 낫지 않겠냐고 말하다가 승객이 눈을 희번덕거리는 걸 보면서 다시 심호흡이나 하자고 했다.

"후우우, 후우."

결국 나를 제외한 승무원들이 서비스를 이어나갔고 나는 승객과 대화를 나누기 시작했다. 비행기가 살짝 흔들릴 때마다 동요하며 쉽게 진정하지 못하는 모습에 대화로 주의를 돌리고자 했다. 승객은 한평생 비행기와 놀이공원을 무서워하며 산 사람이었다. 그 와중에도 주변 승객들이 힐끔거리는 게 느껴졌다. 내가 잘 대처하는지 못하는지 지켜본다는 생각에 더 긴장되었다. 승객을 침착하게 만들어도 본전이고, 소란이 계속되면 승객 한 명 제대로 휘어잡지 못하는 사무장으로 격하될 것이라는 생각뿐이었다.

문득, 15년 만에 비행기를 타는데 왜 하필 오늘 우리 비행기를 탔는지 궁금해졌다. 어느 정도 울음을 그친 승객이 코를 훌쩍이며 답했다. 울산에서 서울 가는 KTX가 5만 원인데 오늘 우리 비행은 3만 원이어서 탔다는, 간단한 자본주의의 이치가 담긴 대답이었다. 할 말이 없어 고개를 끄덕이자 승객은 창밖을 보며 몸을 떨었는데, 그 틈을 놓치지 않고 끼어들었다.

"하늘이랑 구름 좀 보세요. 이런 풍경 처음이지 않으세요?"

승객이 드디어 슬몃 미소 지으며 "예쁘네요" 하고 말했다. 그러던 중 갑자기 비행기가 크게 흔들리자 이성을 잃은 승객이 앞좌석 위로 솟아 있는 남성 승객의 머리칼로 손을 뻗으며 외쳤다.

"악! 나 이거 잡을래!"

앞좌석 승객의 머리는 탈모가 이미 상당히 진행된 상태였다. 나는 너무 놀라 내 정수리를 들이밀었다.

"아니에요! 제 머리 잡으세요! 제가 머리카락도 더 길고 잡기 편해요!"

다른 승객에게 피해가 가면 안 된다는 생각에 뭐라고 지껄이는지도 모른 채 일단 내뱉고 본 거다. 옆에서 승객들이 웃음을 터뜨렸고 그제야 부끄러움이 밀려왔다.

착륙까지 이제 20분밖에 남지 않았다. 사무장으로 기내를 총괄 책임지는데 계속 앉아만 있을 수는 없었기에 승객에게 양해를 구하고 일어났다. 승객의 손을 꼭 잡으면서 다 왔다고, 10분대여야 체감상 적게 느껴질 것 같아서 5분을 깎아 15분이면 된다고 말해주었다.

자리를 뜨면서도 승객이 혼자 앉아 있을 일이 걱정되었는데, 한 손님이 전직 승무원임을 밝히며 다가왔다. 비행 중 승객이 도로 패닉 상태가 되면 본인이 옆자리로 가서 돕겠다고 했다. 나는 부디 그렇게 해주시면 정말 감사하겠다고 말했다. 혹시 몰라 심리상담가분에게도 다가가 승객에게 다시 패닉 현상이 찾아오면 부탁드린다고 말했다. 심리상담가 승객이 따뜻하게 미소 지으며 입을 뗐다.

"아까는 정말 잘하셨어요."

비행공포증 승객에게 급조해서 내뱉은 말이 심리상담가를 비롯해 다른 승객에게도 다 들렸으리란 생각에 부끄러워서 그저 아니라고 고개를 세차게 저었다.

패닉 승객이 다시 소리를 질렀는지 착륙 사인이 울리기 직전에 전직 승무원 승객이 옆자리로 옮기는 모습이 보였다. 나는 승무원 좌석에 앉은 채로 낮게 한숨을 쉬었고, 비행기는 무탈히 착륙했다. 비행을 마친 나는 좀비처럼 집으로 돌아갔고 이후 그날 일을 잊고 지냈다. 바로 다음 날에도, 다다음 날에도 평소처럼 비행을 했다.

그런데 그날의 비행을 잊지 않으신 분이 하나둘 나타났다.

승객 두 명은 회사로 칭송 카드를 써서 보내주었는데, 사무장이 승객을 진정시키며 달래는 모습이 인상적이었다는 내용이었다. 심리상담가 승객은 며칠 뒤 다시 우리 항공기에 탑승해 다른 승무원을 통해 직접 쓴 책을 내게 전해주었다. 책의 첫 장에는 사인과 함께 '승객의 안전과 마음까지 챙기는 모습에 감동받았어요. 화이팅!'이라는 문구가 적혀 있었다.

다른 승객들의 시선이 감시가 아닌 응원의 눈길이었음이 그제야 와닿았다. 새삼스레 안전한 비행이란 실로 승무원이 승객과 함께 만드는 것이라는 생각이 들었다. 내게 돌아온 과분한 격려 덕분에라도 그날 비행을 잊지 않아야겠다고, 잊지 못할 비행이라고 되새겼다.

· 📍 ·

이날 비행기에 탑승하신 심리상담가 승객은 박상미 교수님이었습니다. 비행이 끝나고 손수 제게 책까지 전해주셔서 큰 응원을 받은 기분이었습니다. 책 제목도 더할 나위 없습니다.《마음아, 넌 누구니》.
마음아… 넌 누구니… 대체…?

· ·

최첨단 공항이 두려운 사람들

50대 후반으로 보이는 남성이 카페에 앉아 커피는 시키지 않고 귤을 까먹고 있었다. 나는 아이스 아메리카노를 마시며 노트북으로 회사 일에 한창이었다. 저녁 약속까지 시간이 남아 카페에 자리 잡고 앉은 지 한 시간째였다. 핸드폰을 한 번 확인하고는 뻐근한 목을 돌리며 카페를 둘러보았다. 연말 분위기가 물씬 풍기는 카페를 배경으로 친구 또는 연인이 따뜻한 차를 마시고 있었고, 나처럼 혼자 앉아 책을 읽거나 노트북을 두드리는 사람도 있었다. 그들 앞에는 모두 차나 커피가 담긴 잔이 놓여 있었다. 그러니 아무것도 시키지 않고 귤만

까먹고 있는 사람이 눈에 뜨일 만했다. 나는 그를 한 번 흘낏 보고는 다시 노트북으로 시선을 돌렸다.

한동안 집중하고 있는데 누군가 다가오더니 말을 걸었다.

"아가씨…."

귤을 먹던 그분이었다.

"네?"

"아가씨, 나 좀 도와줘요. 바빠 보이는데 미안하지만…."

"아, 아니에요. 무슨 일인데요?"

그는 머뭇거리면서도 또박또박 말했다.

"아니… 저… 내 핸드폰에 구직 사이트 앱 좀 설치해 줘요."

나는 주저하다 일단 서 있는 그를 내 앞자리에 앉혔다. 그리고 그의 핸드폰을 받아 구직 사이트의 앱을 다운로드해 주었다.

"다 받았어요. 여기요."

잠시 주춤거리던 그가 말을 이었다.

"고마워요. 그럼 이제 여기서 경비를 검색하면 되는 건가요?"

"경비 일을 하고 싶으신 거세요? 검색창에 '경비'라고 치시면 돼요. 보세요."

경비라고 입력하자 2천 건이 넘는 구인 정보가 나왔다. 나는 어느 지역을 원하시냐고 물었고 그는 강서구에서 일하고 싶다 했다. 지역을 강서구로 선택하자 검색 결과가 마흔 건 정도 떴다. 여의도 빌딩 관리, 산부인과 시설 소장, 마트 시설 팀장 등 다양했다. 그는 한 톤 높아진 목소리로 말했다.

"와, 많네!"

반가운 기색이었다.

"네, 원하는 곳으로 지원하시면 돼요."

"고마워요, 고마워. 그럼 이제 여기 나오는 회사 주소로 찾아가서 이력서 내면 되는 거지?"

"네? 아니에요. '입사지원' 보이시죠? 이력서를 사이트에 등록해 놓고 이 버튼을 누르면 되는 거예요."

"…?"

그는 이내 얼굴에서 들뜬 기색을 거두더니 말을 잇지 못했다. 표정만 보아도 내 말을 전혀 이해하지 못하고 있다는 걸 알 수 있었다. 그는 뭐라 말하려다 말고 손에 접혀 있던 종이를 펼쳤다. 종이에는 손 글씨로 '구직 앱으로 경비직 지원하기' 과정이 단계별로 적혀 있었다. 어느 구청에서 적어준 것으로 보였다. 옆에서 말로 설명해도 알아듣지 못하는 그가 종이에 적힌 내용만으로 혼자서 지원까지 할 수 있을 리 만무했다.

"그러니까 이게 그 말인가…? 도통 모르겠어서…."

그는 고개를 숙여 핸드폰 액정과 구청에서 적어준 종이를 번갈아 보며 말했다.

약속 시간이 가까워졌는지 만나기로 한 선배에게서 전화가 왔다. 나는 선배에게 잠시만 기다려달라고 말한 뒤, 그와 함께 핸드폰을 보며 몇 개의 과정을 더 거쳤다. 본인인증을 하고 회원가입까지 했다. 이력서 등록은 당장 할 수 있는 일이 아니었다.

"이력서 등록은 사진도 첨부하셔야 하고, 경력 사항이랑 자기소개서도 작성하셔야 해요. 제가 지금 다 해드릴 수는 없고요, 살펴보시다가 어려우면 다시 구청에 가서 도움 요청해 보세요. 상세하게 알려주실 거예요."

"예, 고마워요. 시간 빼앗아서 미안하게 됐어요."

"아니에요. 그럼 저는 이만 가볼게요."

나는 그를 내가 앉은 자리에 남겨두고 자리에서 일어섰다. 짐을 챙겨 카페에서 나오는 길에 반짝이는 크리스마스트리 장식과 부딪쳤다. 나는 선배를 만나 역시나 트리 장식이 있는

레스토랑에서 파스타와 리조또를 먹고 헤어졌다.

그 무렵부터일 것이다. 어떤 모습이 유독 잘 보이기 시작한 것이. 분식점 매장의 무인 판매기 앞에 망연히 서 있는 할머니가 보였고, 온라인 주문을 하지 못해 굳이 시장에서 장을 봐 끙끙대며 들고 가는 할머니가 보였다. 비행하러 공항에 가면 셀프 체크인이나 백드롭 라인에는 모두 젊은이뿐이었다. 백드롭은 셀프 체크인을 마친 승객이 수화물을 부치는 곳인데, 셀프 체크인을 이용하면 일반 체크인 카운터에 길게 줄을 서서 짐 부치고 표를 받을 필요 없이 3분 만에 간단히 탑승권을 받을 수 있다. 공항 탑승권 자동 발급기인 키오스크를 이용하지 못하는 노인들은 대개 이런 서비스가 있다는 사실도 모른다. 알더라도 능숙하게 사용하기 어려울 것이다.

디지털 소외다. 노인에 대한 사회적 배려는 무료 독감예방 접종이나 무료 급식 및 교통비 지원, 기초연금 지원 확대만 포함하는 것은 아닌 것 같다. 기술 발전의 속도가 그 어느 때보다 빠른 요즘, 간과해선 안 될 배려는 디지털을 '잘 아시게' 하는 일이다.

한국정보화진흥원의 디지털정보격차 실태조사에 따르면

만 55세 이상 장노년층의 종합적인 디지털정보화 수준이 가장 낮다. 하지만 정보화교육 관련 예산은 지속해서 줄고 있고, 정보화교육 강사의 고용과 처우도 형편없다. 예산의 한계로 정보화교육을 지원하는 대부분의 보조강사조차 자원봉사자들이다. 나는 정보화교육 관련 예산을 증액하고 강사의 고용과 처우도 향상시켜야 한다고 말하고 싶지만, 그 대신 일단 나부터 정보화교육 강사라 생각하고 실천에 옮겨보기로 했다. 그게 더 빠르고 효과가 있을 거라고 믿어서다.

56년생인 우리 엄마만 해도 모바일로 예약하고 예매하고 주문하는 일을 어려워하신다. 하다못해 메시지를 보낼 때도 노안과 둔해진 손놀림으로 오타 나기 일쑤다. 모바일 메신저로 메시지는 주고받지만, 선물하기 기능은 꿈에도 모르고 있다. 노인을 위해 큰 글씨로 제작한 스마트폰 사용 설명서 하나 없고, 키오스크 자체에 대한 접근성 역시 낮지만 그래도 곁에서 가르쳐주는(비록 답답해하며 신경질을 내지만) 그녀의 딸인 내가 있다. 나는 지난주 내내 엄마에게 네이버페이로 상품을 주문하는 방식에 대해 설명했다. 최신 핸드폰을 새로 산 아버지에 겐 삼성페이 결제 방식을 알려주고, 함께 카페에 들렀을 때 키오스크 기기로 직접 주문할 수 있게끔 도와주었다.

부모님뿐만 아니라 길을 나서면 음식점이나 공항, 또는 터미널에서 헤매고 있는 이들을 만나게 된다. 글씨가 작고 터치 스크린 위치가 높아 노인이나 장애인이 사용하기 어려운 키오스크(무인 단말기) 자체에 대한 개선도 필요하지만, 우선 그들 곁에서 도와줄 수 있는 내가 있고 시민이 있다.

며칠 전 출근길에는 김포공항에 있는 패스트푸드점 키오스크 앞에서 쩔쩔매고 있는 할머니를 도와 함께 주문해 드렸다. 지하철에서 노선에 대해 물어보는 할아버지를 만났을 때는 재빨리 스마트폰으로 검색해 알려드렸다. 집에서 컴퓨터나 핸드폰으로 알아보지 못해 발로 뛰어다니는 노인들에게 조금 더 친절해질 필요가 있다. 그러고 보니 전 남자 친구가 길을 물어보는 할머니에게 "몰라요"라고 매몰차게 대답하는 모습에 오만 정이 다 떨어졌던 기억도 난다.

길을 나서면 여전히 많은 노인이 보인다. 그리고 그 노인들보다 더 빠르게 걸어가는 사람들도 보인다. 사람들은 급해 보이고, 바빠 보인다. 말 한 번 붙이기 어려울 만큼.

교육이 시급하고 시스템부터 개선되어야 한다고 말만 하기보단 지금 당장,
내 눈앞에 내가 도울 수 있는 사람에게 나부터 먼저 다가가기로 다짐.

나의 직업을 사랑하는 이유

승무원을 하며 좋은 점? 많다!

하얀 시트, 포근한 호텔 침대

평일 낮, 한가한 카페에서
즐기는 여유

해외에서 즐기는 쇼핑

현지에서 저렴하게 사는 물건

그중에서도 제일 좋은 건 역시

고맙습니다!
승무원님 덕분에
편안하게
왔어요~

승객들이 건네는
감사 인사와 미소!

탑승자 1명

오늘 승객 1명

코로나 극심 기간의 국내선 비행

기내 방송문은 '손님 여러분'으로
시작하는데 '여러분'이 없으므로
즉석에서 수정!

김○○ 손님,
오늘 우리 비행기에
탑승하신 것을
환영합니다

오늘 이 전세기…
얼마에 빌리신 거예요?

얼마
안 하더라고요~
코인 대박났음!

이륙 후,
손님에게 농담도 건넸다

마지막 방송에도
특별한 마음을 담고 싶었다

김○○ 손님,
오늘 함께해 주셔서
쓸쓸하지 않은 비행이
었습니다. 고맙습니다!

꾸벅

그분에게도
그날의 비행이 특별한
기억으로 남았으면…

① 내가 떠난 자리를 마주하는 누군가

공항의 쓰레기통은 투명하다. 쓰레기통 안 폭발물 설치를 방지하기 위해서다. 같은 이유로 쓰레기가 가득 찰 때까지 방치해서도 안 된다. 그래서 공항의 청소 노동자들은 시도 때도 없이 쓰레기통을 비우고 또 비운다. 다른 한쪽에서는 비우고 있는 쓰레기통에 다시 쓰레기를 아무렇게나 던져놓고 가버린다. 플라스틱 컵 안에는 끈적한 음료와 얼음이 남아 있어 더욱 처치 곤란이다. 그래도 누군가는 치우겠지 생각했었다.

비행에서도 착륙 직전에는 음료나 음식을 바닥에 흘려도 괜히 못 본 척하곤 했다. 누군가가 곧 청소할 공간이기 때문이다. 지상에선 항공기 청소 노동자, 하늘 위에선 승무원. 기내라는 공간을 우리가 함께 꾸려가면서도 그들에게 은근슬쩍 미뤘던 것이다.

언제부턴가 그들의 기척을 전보다 선명히 느끼기 시작했다. 조용히 허리를 굽히고 쓰레기통을 비우는, 여느 때와 똑같던 모습이 새삼 분명해졌다. 김포공항 청소 노동자들이 가혹한 노동 조건과 언어폭력 및 성추행을 고발하며 파업에 돌입한 기사를 자주 접하게 된 이후부터였던 것 같다.

10년 가까이 공항을 드나들며 반질반질 잘 닦인 바닥을 미끄러지듯이 걸어가면서도, 비행 전후로 말끔한 공항 화장실을 이용하면서도 그들의 존재를 크게 의식하지 못했던 나는 뒤늦게나마 알아차린다. 보여도 보이지 않는 듯 숨죽여 노동하는 존재가 있었음을 말이다.

공항은 여행 전 설렘을 만끽하는 공간이다. 북적이는 면세점을 둘러보고, 라운지를 이용하고, 비행기가 뜨고 내리는 활주로를 배경으로 탑승권을 들고 인증샷도 찍어본다. 이런 우리의 옆에서 노동하는 존재는 보이지만 보이지 않는다. 이와 관련해서 몇십 줄을 더 써도 부족할 것을 안다. 그것을 알기에, 이 글의 다음 문장은 미래의 우리가 이어가기를 바란다. 면세품의 포장 봉투를 버릴 때도, 먹다 만 커피를 버릴 때도, 아무도 보지 않는 화장실을 이용할 때도, 우리가 떠난 곳을 다시 찾아와 마주할 사람이 있음을 기억하려고 한다.

외모를 관리해야 하는
업무에 대하여

날라리 승무원으로
거듭나려다가

　새해를 맞아 서른 살이 된 기념으로 염색을 했다. 한 번도 해보지 않은 내겐 나름 큰 결심을 요하는 일이었다. 머리칼을 가꾸는 일엔 영 소질도 흥미도 없던지라 몇 년 내내 커트만 하는 단발머리였다.

　그랬던 나도 서른이 되자 무슨 바람이 불어선지 염색을 했다. 이제 나도 서른이니까, 하는 생각이었다. 서른이 되기 전에 알아야 할 것들⋯ 서른, 잔치는 끝났다⋯ 서른 살엔 미처 몰랐던 것들⋯. 서른 서른 서른을 언급하는 책과 인터넷에 떠도는 글이 나를 부추겼는지도 모른다. 애시브라운이니 초코브

라운이니 친구들이 두르고 나타난 갈색빛 머리칼이 예쁘게 보이기는 했으니, 더 늦기 전에 나도 흰머리를 감추기 위한 염색이 아닌 멋으로 하는 염색을 하기로 결심했던 것이다.

색상은 미용실 원장에게 추천받은 카키 빛이 도는 어두운 갈색, 애시브라운으로 정했다. 염색약을 바르기 전에 거듭 강조해서 말했다.

"너무 밝게는 말고요, 티 안 나게 어두워야 해요. 아니, 그러면서도 밖에 나가면 햇빛에 은근하게 티 나게요."

원장은 가만 듣더니 허탈하게 웃으면서 그럴 거면 염색은 왜 하냐고 타박했다.

염색을 마치고 미용실에서 나오는데 겨울 햇빛이 쨍쨍했다. 급히 손거울을 꺼내 머리카락을 비춰보았다. 햇살을 받아 오묘한 갈색빛을 띠는 머리칼이 영롱했다. 시꺼멓던 머리카락이 밝은 톤으로 발하자 하얀 편인 피부가 더 뽀얗게 보였다. 손거울로 이리저리 머리와 얼굴을 비춰보다가 멈칫했다.

본래의 머리카락 톤에 맞는 자연스러운 색상일 경우에만 염색 허용.

회사 어피어런스 규정이 떠올랐다. 길가에 우두커니 서서 회사 어피어런스 규정을 속으로 하나씩 짚어보던 나는 지금 머리카락 색이 규정에 어긋나리라는 것을 예감했다. 사복에도 이렇게 밝아 보이는데 유니폼을 입으면 더욱 밝아 보일 터였다. 승무원을 총관하는 엄하고 집요한 회사 매니저는 분명, 나를 잡아내고 말 것이다.

우리는 출퇴근 때마다 매니저와 마주한다. 매니저에게 염색 지적을 받게 되면 다시 어둡게 염색하고 확인을 받아야 한다. 지금까지 어피어런스 지적받는 일 한 번 없이 얌전하고 조용한 승무원으로 살아왔으나, 이 광채 가득한 머리칼을 맛본 이상 바로 포기할 수는 없었다. 나는 그렇게 신논현역으로 향하는 길 한복판에서, 얼마간 날라리 승무원이 되기로 마음먹었다.

그길로 곧장 화장품 매장에 들어갔다. 적나라한 조명 아래에서 거울을 보니 머리카락 색이 확연히 밝아진 게 보였다. 나는 주저하지 않고 사야 할 상품을 찾았다. 앞서 염색한 선후배가 매니저를 속일 요량으로 시도한 헤어 컬러 스프레이였다. 색상은 짙은 검은색으로 골랐다. 혹시 몰라 흑채 파우더도 함께 샀다.

비행 전 공항 사무실에서 매니저를 만났다. 염색하고 처음 비행하는 날이었다. 나는 머리에 컬러 스프레이를 잔뜩 뿌렸다. 그것도 모자라 흑채 파우더까지 뭉텅뭉텅 발라주었다. 만반의 준비를 했음에도 매니저 앞에 서자 괜히 가슴이 두근거렸다. 매니저는 여느 때처럼 환한 웃음으로 반겨주었다. 인사를 하는 와중에도 머리부터 발끝까지 스캔하듯 훑어보는 눈길을, 나는 모르지 않았다. 그러니 내 가슴이 콩닥거릴 수밖에….

　　다행히 매니저는 별다른 지적 없이 나를 보내주었다. 오늘 비행도 잘 다녀오라는 말에 나는 뒷걸음으로 총총 물러났다. 아무래도 뒤통수에는 스프레이가 고루 뿌려지지 않았을 것 같아서였다. 살짝 의아해하는 매니저에게 배시시 미소를 지으며 끝내 뒷걸음질로 그 자리를 모면할 수 있었다.

　　'훗, 뭐야. 결국 눈치 못 챘잖아? 이제 비행 때마다 컬러 스프레이랑 흑채 파우더로 가려주면 되겠어. 근데 그것도 일이네. 귀찮은 게 싫어서 여태 염색을 안 했던 건데 이렇게까지 해야 하나? 아니야. 그래도 밝은 머리칼이 부드러워 보이는 게 예쁘잖아? 조금만 더 즐기자.'

　　매니저와 대면하고 나자 마음이 한결 가벼워졌다. 나는 브리핑 데스크에 앉아 가뿐하게 비행 준비를 시작했다. 일본인 승무원들과 한국인 후배 두 명이 함께하는 비행이었다. 후배 둘은 이코노미 클래스 담당이고, 나는 비즈니스 클래스 담당이었다. 대개 한일 노선 비행은 두 클래스 모두 만석인데, 오늘은 어쩐 일인지 비즈니스 클래스 승객이 적었다. 매니저한테 안 걸리고, 승객도 적고! 홀가분하게 비행할 수 있을 것만 같았다.

비행은 순조로웠다. 기내식 서비스와 면세품 판매를 마치고도 착륙까지 한 시간이나 남아 있었다. 이쯤 되면 여유가 흘러넘치는 비행이다. 비즈니스 클래스 수석 사무장과 부사무장은 앞쪽 갤리에서 커피를 마시며 수다에 여념이 없었다. 막내 쭈그리 외국인 승무원인 나는 음료 카트를 정리하다가 식사 서비스 때 우메슈(매실주)를 마신 한국인 승객을 생각해 냈다. 비즈니스 클래스에서 유일한 한국인 승객이었던지라 더 챙겨주고 싶었다.

'아까 승객이 우메슈 미즈와리(알코올에 물을 타서 묽게 하는 것)를 마셨지? 우메슈는 소다와리(알코올에 소다수를 탄 것. 탄산의 시원한 청량감을 즐길 수 있다!)로 마셔야 제대론데…'

착륙까지는 시간이 꽤 남은지라 나는 승객에게 더욱 맛있는 우메슈를 선보이기 위해 우메슈 소다와리를 만들었다. 평소 술을 잘 못 마시는 나도 일본에 오면 우메슈 소다와리를 즐기기에, 만들면서 입맛을 쩝쩝 다셨다.

'얼음 세 개에, 우메슈 따르고, 소다수 살짝쿵 타고! 크, 맛있겠다. 이따 비행 끝나고 나도 한잔 마셔줘야지.'

나는 우메슈와 스낵 봉지를 트레이에 올린 다음 승객에게 다가갔다. 승객은 내가 다짜고짜 앞에 서자 멀거니 나를 올려다보았다.

"저… 뭐 안 시켰는데요?"

"아, 네! 다름이 아니라요, 아까 기내식 드실 때 우메슈 미즈와리를 드시더라고요. 미즈와리도 맛있는데 우메슈가 소다와리로 마시면 또 색다르게 맛있거든요. 매실주의 새콤달콤한 맛이 탄산의 톡 쏘는 맛과 어우러져서…. 착륙까지 한 시간 정도 남았으니까 한번 드셔보시라고요. 오늘 비즈니스 클래스에 탑승한 유일한 한국 손님이셔서 제가 반가운 마음에 특별히 만들어봤습니다!"

그는 여전히 얼떨떨한 표정으로 나를 바라보다 우메슈가 담긴 잔을 받아들었다.

"아, 예… 감사합니다…"

거기서 멈췄어야 했다.

"아닙니다! 사실 제가 먹고 싶어서 만들어봤어요. 저는 일하는 중이라 못 마시니까 저 대신 맛있게 마셔주세요? 하하하!"

"…"

같이 웃어줄 줄 알았는데 승객은 떨떠름한 표정만 지으며 나와 눈을 맞추지 못했고, 뭐라 말하는가 싶더니 입을 다물어버렸다. 침묵이 흘렀다. 내 엑스트라 서비스에 감동한 것인지도 몰랐다(요구하지 않았는데 술을 또 가져다주는 승무원이라니?). 나는 그 침묵을 나 좋을 대로 해석하고는 돌아섰다. 아직 서비스가 끝나지 않았을 이코노미 클래스를 도우러 갈 요량이었다. 뒤쪽으로 가는 길에 승객이 잔을 들어 홀짝이는 모습을 보았다. 내심 흐뭇한 마음이 들면서 역시 나는 서비스인 체질이라고 생각했다.

비즈니스 클래스와 이코노미 클래스에 경계를 두기 위해 드리워진 커튼을 열어젖히자 후끈한 열기가 느껴졌다. 좌석 빼곡히 승객들이 앉아 있는 풍경이 빡빡하게만 보였다. 통로를 지나가는데 '여기요', '저기요 비행 편명이 뭐예요?', '잠깐만요, 펜 좀 주세요'를 외치며 나를 불러 세우는 목소리에 몇 번이나 멈춰 섰다. 승객들의 이런저런 물음과 요구에 응대하고 있는데, 후배가 나를 보더니 쏜살같이 달려왔다.

"선배님!!! 이리 와보세요!"

"네? 음, 잠시만요… 이분이 입국 서류 작성에 대해서 질문이…"

후배는 미간을 살짝 일그러뜨리며 바싹 다가오더니 귓가에 대고 속삭였다.

"아이고, 선배님! 거울 좀 보세요!"

음? 요즘 내가 잠을 좀 못 자서 피곤하긴 했지만, 거울 좀 보라니? 이것이 말로만 듣던 하극상인가. 무슨 말인가 싶어 얼굴을 떼고 후배를 잠자코 바라보았다. 후배는 말로는 안 되겠다 싶었는지 내 팔을 낚아채듯이 잡아 갤리로 끌고 갔다.

"선배님! 얼굴에 뭐가 묻었어요. 뭐예요, 이게? 잿더미 뒤집어쓴 사람 같아요! 이러고 서비스하신 거예요?"

"네? 무슨 잿더미가…"

후배는 블라우스 앞주머니에서 작은 손거울을 꺼내 나의 얼굴을 비춰주었다. 얼굴에는 분명히 검은 잿더미 같은 게 얹혀있었다. 정확히는 이마 가운데와 코 끝, 오른쪽 광대 옆 부분이었다. 숯으로 쓰윽, 하고 몇 번 그은 듯이.

어안이 벙벙한 나는 황급히 손바닥을 뒤집어 보았다. 손가락 끝마디가 검게 물들어 있는 것을 본 순간 알았다. 잿더미의 정체는 염색한 머리를 감추기 위해 머리카락에 신나게 뿌려 댔던 컬러 스프레이와 흑채 파우더였다. 나는 무의식적으로 머리를 몇 번인가 만졌고, 검은 스프레이와 파우더가 손에 고스란히 묻어 나온 거였다. 그것도 모르고 나는 또 무의식적으로 손을 얼굴에 갖다 댄 거고!

퍼뜩 정신이 들며 떠오르는 장면. 조금 전 내게서 우메슈 소다와리를 받아 든 승객의 아리송한 표정과 불편한 침묵이

납득됐다. 얼굴에 시꺼먼 재를 묻힌 승무원이 다가와, 시키지도 않은 술을 권하며, 사실 자기가 먹고 싶은데 그럴 수가 없으니 대신 좀 먹어달라고 하다니! 게다가 나는 이 꼴로 '하하하!' 하고 크게 웃어 보이지 않았던가. 커튼을 열고 이코노미 클래스에 들어섰을 때 유독 나를 빤히 바라보던 몇몇 승객들의 눈빛도 그제야 이해가 됐다.

웃어대는 후배를 뒤로하고 화장실에 들어가 휴지로 얼굴을 벅벅 문지르는데 그렇게 창피할 수가 없었다. 안 하던 짓을 하면 꼭 탈이 난다더니, 사람은 역시 생긴 대로 살아야 하는가 보다. 창피한 비행을 마치고 집으로 돌아와 샴푸질을 하는데 거품이 검었다. 씻고 나와서 면봉으로 귀를 후비니 면봉 솜도 검게 변했다. 스프레이를 뿌리며 코로 숨을 들이마셔서 그런지 코를 풀어보니 코딱지까지 아주 새까맸다.

조만간 다시 검은 머리로 염색을 해야 할지, 아니면 이렇게 비행이 있는 날마다 검은 재를 뒤집어쓰는 수고를 감수해야 할지, 그래서 귓구멍과 콧구멍까지 꼼꼼히 살펴야 하는지 고민이 되었다. 날라리 승무원이 되는 길은 과연, 멀고도 험했다.

A 항공은 2018년부터 두발자유화를 시행했습니다. 노란 머리로 염색을 해도 되고 긴 머리를 풀고 다녀도 되죠. 서비스 시에는 머리카락이 떨어지지 않게 묶는다면 문제 될 것도 없겠습니다. 승무원들이 헤어스타일을 만드느라 겉모습에 치중하는 시간을 최소화하고 승객 안전에 더 집중할 수 있게 하기 위해서라고 해요. 실제로 머리카락 한 올 삐져나오지 않게 하는 쪽머리는 스타일링하는 시간도 오래 걸리며 스프레이를 필수로 써야 합니다. 승무원들이 불편을 호소하는 가장 큰 부분이죠. 저는 이 쪽머리가 하기 싫어서 승무원으로 사는 10년 가까이 단발머리를 고수했습니다.

작년에 김포공항에서 처음으로 긴 머리를 흩날리며 걸어가는 A 항공 승무원의 뒷모습을 보았는데요. 괜히 설렜어요. 저도 어깨에 닿지 않는 짧은 단발머리 말고 중단발로 살아보고 싶었거든요.

벗어날 수 없는 '승무원상'의 늪

승무원을 향한 두발 및 행동 규제는 정말 잘못되었다고 생각합니다. 현직 승무원에게 가해지는 압박은 승무원을 희망하는 준비생, 승무원 학과를 다니고 있는 학생과 어린 친구들에게도 고스란히 내려옵니다. 이것이 더욱 바로잡아야 할 이유인 것 같아요.

과거 나의 SNS 계정에 올린 '승무원은 커피도 못 마시나요?' 글에 이런 댓글이 달렸다.

개구리가 올챙이 적 생각 못 한다고, 승무원이 되어 비행만 하던 나는 승무원이 되고 싶어 하는 존재를 놓치고 말았다.

나는 승무원이 꿈도 아니었고, 지극히 현실적인 이유에서 승무원이 되고 싶었다. 돈이 없어 해외여행도 못 가봤는데 일하면서 여행까지 할 수 있다니 일석이조다 싶었고, 이름 없는 수도권 대학에 스펙도 뛰어나지 않은 내가 대기업에서 일할 수 있는 방법은 승무원 직종뿐이라고 생각했다. 항공사의 일반직은 합격자들 스펙이 어마어마하던데, 그나마 서류 전형 문턱이 낮고 면접 비중이 높은 승무원 직종은 일단 면접이라도 볼 수 있으니 여기서 제대로 어필하면 되겠다 싶었던 것이다. 일단 도전해 보기로 결심한 이상 해당 직업군이 요구하는 부분은 맞춰야 한다고 여겼다. 취업 준비생인 나는 그들이 세워놓은 기준을 충족하기 위해 애쓸 수밖에 없었다.

내가 경험한 면접 풍경을 떠올려본다. 5~8명이 반팔 블라우스에 무릎을 살짝 덮는 기장의 치마를 입고 일렬로 워킹해서 면접장에 들어가 일정한 간격으로 떨어져 선다. 내가 최종 면접을 봤던 한 항공사에서는 면접관들이 더 가까이 오라고도 요구했는데, 그 말이 끝나면 일제히 면접관의 테이블 바로 앞에 바짝 붙어 섰다. 승무원 시험을 준비하는 사람이라면 크게 새삼스럽지 않은 절차였다. 성인 기준 양팔 간격보다 가까이 마주 서서 질문에 답했다. 면접관의 팔자 주름과 입술 각질이 일어난 것까지 너무 잘 보여서 부담스러웠는데, 그거야말로 면접관들이 바라는 점이었다는 걸 그때 알았다. 나는 내 코와 양 볼의 벌어진 모공이, 오른쪽 얼굴에 동그랗게 팬 작은 흉이, 대기 시간 동안 들뜬 화장이 면접관에게 얼마나 적나라하게 보일지 내내 신경 썼다.

다른 항공사 면접에서는 다리를 그 정도밖에 못 붙이냐는 소리도 들었다. 다리를 일자로 붙이는 게 승무원으로 일하는 데 큰 도움이라도 되는 모양이었다. 나는 스터디원들과 모의 면접을 할 때에도 각종 압박 스타킹을 신고 9cm 구두를 신은 상태에서 두 무릎을 붙이고 서 있는 연습을 했다. 다 같이 강남역 성형외과에서 그나마 싸다는 턱 보톡스도 맞았다. 누구는 입꼬리 올리는 시술을 받았다. 나는 헬스장까지 다니며 하체 근력을 키워 무릎을 붙여보려고 안간힘을 썼지만 끝내 두 무릎은 붙지 않았다. 면접관들이 다리를 슬쩍 볼 때마다 동떨어진 무릎이 움찔하며 부들부들 떨렸다. 다리와 몸매를 훑어보는 게 우리들 면접에선 당연하게 이뤄지는 수순이었다. 몸과 신체 부위의 총합으로 취급받는 기묘한 경험이었다. 누구도 이의를 제기하지 않았고, 오히려 그 항공사는 다리가 예뻐야 한다더라는 '카더라'가 유행이었다.

예상 질문에 대한 답변 준비와 외국어 공부도 중요했지만 외모 관리가 가장 큰 비중을 차지했다. 서류 합격 발표가 있는 날에는 좀 잘한다 싶은 메이크업 숍은 전화 연결조차 어려웠다. 핸드폰 몇 대를 동원해 가며 예약 전쟁을 치렀다. 면접 날 전문가의 도움을 받아 '한국 승무원 이미지의 화장'과 '머리카락 한 오라기도 삐져나오지 않는 쪽머리'를 완벽하게 갖추기 위해서였다. 당시에는 그게 잘못됐다고 생각하기보다 그냥 당연한 준비 과정이라고 여겼다. 승무원은 단아한 이미지로 예쁘고 날씬하니까. 떨어지면? 내가 그만큼 예쁘지 않고 날씬하지 않으니까. 나는 떨어질 때마다 애꿎은 내 외모를 탓하며, 면접장에서 보았던 나보다 예쁘고 늘씬하며 키 큰 아이들을 떠올렸다. 나는 점점 말라갔고 정신적으로도 건강하지 못했다.

여덟 번 낙방 끝에 어렵사리 승무원이 된 후 동료들 사이에선 심심찮게 이런 소리가 오고 갔다.

"근데 걘 승무원상은 아니지 않아?"

그렇게 말함으로써 본인의 몸과 얼굴은 승무원 이미지에 근접하여 승무원이 되었다고 자부하는 듯했다. 항공사가 요구하는 머리색과 헤어스타일과 화장법과 얼굴로 비슷비슷해진 우리는 그렇게 '승무원상'이 되어 승무원상이 아닌 누군가를 우습게 여기는 지경까지 이른 것이다. 우린 이미 합격했고, 승무원이라는 카테고리 안에서 안심했다. 어쩌면 아리땁고 여리여리한 이미지로 보이고 싶었는지도 모르겠다.

　인스타그램에서 '#예비승무원' 해시태그를 검색하면 6만 4천 개의 게시물이 나온다. 한눈에 봐도 예쁘고 날씬한 데다가 환하게 웃는 모습이다. 항공학과 유니폼을 입고 항공기 실물 모형 속에서 승무원처럼 안전 점검을 하는 사진도 눈에 띈다. 한 친구가 그 사진에 댓글을 달았다. "완전 승무원상인데ㅠㅠ." 나는 이 말이야말로 우리 사회와 항공사가 승무원 직종을 꿈꾸는 여성에게 들이민 폭력의 증거라고 생각한다.
　승무원상. 이 말은 이미 폭력으로 작동하고 있다. 비행하면서 항공학과를 졸업한 후배들과 이야기를 나누다 믿을 수 없는 이야기를 들었다. 한 후배는 "교수님이 이번 여름 방학 때는 꼭 코 수술 좀 해서 오라고 했어요"라고 말했으며, 다른 후배는 "너 그 몸무게로 비행기 타면 비행기가 뜨겠니?"라는 소리까지 들었단다. 학교 다니면서 가장 많이 들은 소리가 과도한 외모 지적과 성형수술 권유였다고 한다. 내가 경악하는 표정을 지으니 그들은 허탈하다는 듯 말했다. 놀랍겠지만 매일

같이 일어나는 일이라고.

　이게 폭력이 아니면 뭐라고 설명할 수 있을까. 물리적인 통증을 수반하는 폭력만이 폭력이 아님을 우린 잘 알고 있다. 사람이 사람에게 어디 좀 뜯어고치라는 말을 그렇게 쉽고도 뻔뻔하게 해도 되는 걸까. 그렇게 해도 된다는 믿음은 대체 어디에서 오는 걸까.

　버젓한 대학교 전공학과에서 교수가 이렇게 말할 수 있는 까닭은 단 하나, 한국 항공사 승무원의 가장 중요한 자질로 외모와 몸매가 꼽히기 때문이리라. 그러니 승무원을 배출하는 항공학과에서는 더 예뻐지고 더 말라야 한다고 당당히 얘기하는 것이다. 떨어지면 예쁘지 않고 마르지 못한 학생 본인 탓으로 돌리기에 참 간편하고 쉬운 논리다. 제자의 취업을 위한 따끔한 사랑의 충고쯤으로 포장되겠지만 사실은 폭력이다.

　승무원 화장품, 승무원 성형수술과 시술, 승무원 눈썹과 왁싱 등 승무원을 내세운 카피가 여전히 곳곳에서 보인다. '예쁜 승무원 언니들이 필수로 하는 ○○' 같은 문구는 대중에게 각인된 승무원의 이미지를 너무 잘 알기에 활용한 마케팅일 것이다.

　승무원만큼 이미지 메이킹이 하나의 준비 과정으로 여겨

지는 직종이 하나 더 있다. 바로 배우다. 그런데 요즘은 이목구비 또렷하게 예쁘고 잘생긴 배우만 스크린을 점령하지 않는다. 개성파 배우니 연기파 배우니, 자신 그대로의 고유한 매력을 살린 마스크로 각광받고 있다. 왜 승무원 직종은 아직도 하나같이 똑같은 장난감 병정의 모습을 강요받고 있는가.

내가 아무리 이런 글을 써도 대기업인 항공사는 '싫으면 말아. 그래도 하려는 애들 줄 섰어'라는 생각으로 변화의 목소리를 무시하면 된다. 아니, 무시하고 있다. 그러니까 오늘도 성형외과는 값비싼 미용 시술을 문의하는 친구들로 붐비고, 강박적인 운동과 섭식장애로 시간을 보내고, 방구석에선 손거울로 얼굴 이곳저곳을 뜯어보다가 '#승무원' 해시태그가 달린 현직 승무원 사진 84만 개와 자신을 비교하며 자괴감을 느끼고 있으리라. 승무원으로 일하고 싶을 뿐인데 취업을 준비할수록 우리는 승무원상이 되어가며 자신만의 특유한 색을 의도적으로 지워버린다. 그렇게 우리는 장난감 병정이 된다.

항공학과를 졸업한 사촌 동생에게 꿈꾸는 미래를 물었다. 사촌 동생 역시 항공학과 진학 후 승무원을 준비하며 많은 스트레스를 받았다. 그는 잠시 뜸을 들이더니 막힘없이 대답했다. 오랜 시간 그려온 모습인 것처럼.

"머리를 하나로 질끈 묶은 승무원이 바지에 운동화 차림으로 성큼성큼 복도로 들어와요. 기내 안전 방송을 마치고는 어피어런스(규정에 맞춘 외모와 복장 등의 상태)와 화장 무너짐을 걱정할 필요 없는 맨얼굴로 오버헤드빈(위쪽 선반)을 닫고 여기저기 안전 점검을 해요. 비행 중간중간 코에 땀방울도 맺히고 잔머리도 삐져나오지만 옷소매로 쓱 닦고 머리를 다시 짱짱하게 묶은 뒤 당당하게 기내 서비스를 해나가는, 그러다 비상 상황이 발생하기라도 하면 곧바로 승객들의 안전 요원이 되어주는, 그런 승무원이 일하는 비행기에 탑승하는 미래를 꿈꿔요."

그가 말하는 미래는 영 오지 않을 것만 같아 맥 빠진 웃음부터 나왔다. 그런 날이 올까? 항공사가 먼저 나서서 범세계적으로 반가운 채용 규정을 수립하고 승무원 개개인의 행동에 지나친 규제를 가하지 않으며 노동 현장에서 인격을 존중하는 방향으로 나아갈 수 있을까.

국내 한 신생 항공사는 2020년 젠더리스 유니폼을 도입하며 성 상품화를 지양하고 안전에 중점을 두겠다는 뜻을 밝혔다. 2019년 영국의 A 항공사는 승무원이 화장해야 한다는 조항을 삭제했다. 그리고 내가 면접을 봤던 국내 한 항공사는 여전히 최종 면접에서 자사의 치마 유니폼을 입혀 지원자를 같은 기준으로 두고 면접을 진행한다. 유니폼을 입은 다음 면접관들의 가까이 오란 말에 반 팔 간격으로 다가가 멀뚱히 서 있던 나는 나의 생각과 의지가 아니라 몸뚱이로 평가받고 있다 느꼈다.

면접장 바깥에는 여행과 비행이 좋아서 승무원이라는 직업에 도전해 보고 싶어도 외적인 기준에 부합할 자신이 없어 일찌감치 포기하는 친구들이 있다. 기준에 부합하지 못하는 본인 잘못이라고 손가락질하는 게 맞는 것인가, 아니면 특정 직업을 향한 고정관념의 해체를 시도하는 게 맞는 것일까.

⚲

부디 우리 사회가 특정 직업을 향한 고정관념의 해체를 시도하는 방향으로 나아가길 바라는 마음으로, 면접에서 떨어질 때마다 거울 속 얼굴을 뜯어보며 낭패감을 느꼈던 스물셋의 나를 다독이는 심정으로, 지금도 어디에선가 좌절하고 있을 누군가와 연결되길 바라는 마음으로 이 글을 썼습니다. 더는 첫발을 내딛는 이들이 사회가 들이대는 특정 이미지에 가려지고 흐려지지 않길, 스러지지 않기를 바라면서요.

유니폼이 허락하지 않으면
입을 수 없다

　　행정 승무원으로 사무실에서 근무하며 지긋지긋했던
점은 각종 이벤트나 행사, 촬영이 있는 날이면 행해지던 사무
실 사람들의 승무원 얼굴 평가였다.

　"이번 행사는 걔 좀 쓰지 말자. 이게(손짓으로 얼굴을 위아래로
훑으며) 너무 아니잖아."

　조금 신나 보이기까지 하며, 신랄하고 신물나는. 내가 사무
실에 없을 때 사람들이 나를 두고 어떻게 말했을지 알고 싶
도 않았으나 기어코 한 상사는 내 앞에서 대놓고 이렇게 말하
며 웃어젖혔다.

"그분이 은빈 씨가 너무 이쁘다는 거야. 나 진짜 너무 놀라고, 웃겼다니까?"

나는 그 상사에게 지금 당신이 말하는 우은빈이란 사람이 나라는 걸 알고 하는 말이 맞냐며 되물었다. 이제 와서 그 상사들을 탓하려는 게 아니다. 그들은 그렇게 해도 된다고, 그렇게 해도 문제 될 게 없다고 믿었을 터이다. 승무원은 얼굴, 몸매, 키로 평가하는 게 타당할뿐더러 마땅하다 생각했을 것이다. 그들에게 승무원은 외모가 곧 능력인 직종이니까.

우리 또한 스스로를 검열하느라 바쁘다. 외모 강박 문화가 특히 더 심한 회사와 직업 덕분에 우리의 외모가 평가 대상임을 잘 알고 있기 때문이다. 유니폼은 애초부터 불편하고 타이트하게 나오는데, 개인에게 주어진 수량과 사이즈는 한정되어 있으니 살찌지 않으려고 애쓴다. 유니폼은 개개인의 체형을 무시한다. 그 누구도 기다려주지 않는다. 화장법부터 헤어스타일까지 회사 규정과 분위기에 따라 승무원이라는 이미지에 어울리는 모습으로 만든다. 승객 안전을 책임지는 역할에 하등의 도움도 되지 않는 노력들이다. 장거리 비행에선 10시간 내내 구두를 신어 발이 아프지만 승객에게 비칠 이미지가 더 중요해 자세를 바로잡는다. 편안한 발로 기내를 한 바퀴 더 돌아보고 살피는 게 안전에 도움이 될 텐데, 현실은 욱신거리는 발 때문에 승객을 향한 시선이 좀처럼 열리지 못하고 심리적으로도 빨리 지친다. 그 발로 비상시 승객의 안전을 모조리 책임져야 한다.

항공사는 자사 이미지를 위하여 경쟁이라도 하듯 어리고 예쁜 여성을 고용해 왔고, 승무원들에게 기내에서 시종일관 사탕 같은 미소를 짓도록 압박했다. 친구들이 물었다. 승무원들은 어떻게 장거리 비행에서도 화장이 무너지지 않느냐고. 당연히 무너진다. 수정 화장을 그만큼 더 할 뿐이다. 휴식 후에도 다시 스프레이를 잔뜩 뿌려 머리를 헬멧처럼 딱딱하게 고정하고 화장을 고친 다음 기내로 나선다. 사람을 깔끔하게 재단해서 보기 좋게 압핀으로 꽂아놓는 수준, 똥도 안 쌀 것 같은 미형의 마네킹 여성이 일터에서 노동권이 낮아지는 건

너무 당연하다. 기내에서 우리도 모르게 누군가에게 사진을 찍혀도 전시된 마네킹이 찍힌 것과 다를 바 없다고 생각하지 않는 이상 '예쁘니까 그럴 수 있지'라는 말이 나올 수 있을까.

.... 📍 ....

외모 지상주의에 빠진 사회와 항공사가 공들여 빚어놓은 '이상화된 여성성' 의 틀 안에 얼마나 많은 사람이 빠져 있는 걸까요.

....

손거울보다는
승객의 안색을 볼 수 있다면

승무원으로 근무하는 자신을 위해서, 승무원이 되어 함께 일하게 될 후배들과 수많은 준비생을 위해서도 전현직 승무원이 목소리를 내야 한다. 매일같이 비행하는 우리는 뭐가 더 중요한 일인지 누구보다 잘 알고 있다. 승객의 안색을 살피는 일보다 손거울을 들여다보는 일이 중요할 수 없다는 것을, 안전 업무에 집중하기보다 몸에 딱 맞는 유니폼에 주의를 빼앗기는 게 잘못됐다는 것을, 보이는 이미지에 신경 쓰느라 육체적·정신적 에너지를 소비하는 일보다 동료와 즐거운 비행을 만들어나가는 일이 더 가치 있음을 잘 안다. 서비스 최전선에서 승무원 업무를 몸소 수행하는 사람이 불편 사항을 회사에 적극 건의하고, 문화를 바꿔나가기 위해 직접 나서야 한다.

　나는 행정 승무원으로 근무하며 '객실 승무원 두발자율화 시행'을 위해 대표로 승무원 전원 의견을 취합한 후 상사와 대표이사에게 설득하는 시간을 가졌다. 대표이사님에게 발표하는 날, 최대한 구체적으로 승무원의 입장을 보여주는 게 관건이라 생각했다. '쪽머리를 하면 준비 시간이 늘어나고 새벽이나 이른 아침 비행은 더 일찍 일어나야 하기 때문에 피곤하다. 그 시간에 최신 업무 공지 재확인 등 본래의 안전 업무를 대비하는 게 맞다. 대중교통 이용이 불가한 시간대에 쪽머리를 하고 차나 택시를 타면 제대로 기댈 수가 없어 고개가 앞으로 숙여지기 때문에 불편하다. 같은 이유로 이착륙 시 앉아 있을 때에도 바른 자세가 불가해 거북목이 된다. 이는 곧 업무 피로도 증가로 이어진다.' 이처럼 세세한 부분까지는 미처 몰랐던 대표이사님에게 우리가 겪었던 괴로움이 오롯이 전해진 걸까. 대표님께선 발표가 끝나자마자 내일부터 바로 시행하라고 말씀하셨다.

　부랴부랴 매뉴얼을 수정하고 공지사항을 작성한 다음 결

재까지 받느라 바로 다음 날부터 시작하진 못했고, 다다음 날부터 두발자율화를 실시했다. 이후 한동안 승무원들에게 연락을 많이 받았다. '사무장님ㅠㅠ 진짜 편해요. 시간도 안 잡아먹고 너무 좋아요!' 회사를 떠나기 전, 내가 해낸 가장 의미 있는 일이었다.

자율화를 하는 과정에서 어려움이 아예 없었던 것은 아니다. 발표할 자료를 만들고 있을 때 내 자리 뒤로 슬쩍 다가와 핀잔을 주던 타부서 상사들이 있었고, 자율화가 이루어지자 머리를 꼭 그렇게 풀어야 되겠느냐며 비행기에서 승무원을 보며 대놓고 불만을 표한 상사도 있었다. 전원 의견을 취합하는 과정에서 일부 사무장도 단정하지 못할 것 같다며 우려하는 마음을 나타냈다. 이 모두에 헤어스타일보다는 승무원의 인권과 노동권이 더 중요하다고 가볍게 반박하며 넘겼다. 서비스 시에는 위생상 살짝 묶는다면 문제 될 건 없다.

여성 승무원에게 몇십 년간 내려온 전통적인 이미지를 해체하는 일이다. 당연히 앓는 소리를 낼 것이다. 그것은 염려가 아니다. 볼멘소리다. 신음 가득한 전통은 해체되어야 한다.

그들의 투덜거림을 잠재우기 위해 들이는 시간, 돈, 에너지, 노력을 다른 일에 쏟는다면 기내 풍경은 어떻게 달라질까요. 새롭게 다가올 모습에 주목하고 그 방향으로 나아가도록 노력해 보려 합니다.

역대급 방송 실수

코로나로 업계가 뒤숭숭하다

○○ 항공도
파산이라며?

어떡하냐,
진짜…

우리 회사는
괜찮을까…

걱정이 태산

내내 걱정하던 그 마음 때문이었을까

항공기 출입문
닫겠습니다

↑
원래 해야 하는
방송 내용

항공사 문 닫겠습니다!   라고 해버렸다

위풍당당

갑자기 내가
회사 문 닫을 뻔

다 들립니다...

일본 항공사에서 일할 땐 내가 한국인인 걸 모르는 승객이 많았다

야! 오늘 승무원은 왜 다 안 예뻐냐!

내가 그래서 다른 항공사 타자고 했지!

안 예뻐서 죄송하다고 말해버릴까? 휴··· 참자···

다 들립니다

헐...?

헉!

음료는 어떤 걸로 드시겠습니까?

(소심한 복수) 한국어를 매우 또박또박하게 구사하는 중!

손님~? 음료 안 드십니까?!

당황한 그들에게 한 번 더 화사하고 살벌하게 웃는 중!

자주 만나는 퍼스트 & 비즈니스 클래스 풍경

매우 자주 일어나는 분실

② 시술받는 시간

회사를 그만두고 후배와 신사동에서 만났다. 후배가 약속 시간보다 조금 늦었다. 어디 다녀왔느냐고 물으니, 성형외과에서 광대 축소 수술 상담을 받고 왔다고 했다. 나는 의아했다. 아름다움의 기준이 주관적이라지만 그 후배는 누가 봐도 예쁘다는 말이 나올 만한 외모의 소유자였기 때문이다.

며칠 전 승무원 동기도 코로나로 휴직하는 기간에 성형이나 한다고 했다. '간식이나 먹자'라고 가볍게 말할 때처럼 분명 '성형이나'라고 했다. 승무원이 되면 면접을 준비하던 때보다 외모로부터 자유로워질 수 있을 거라 생각했는데, 오산이었다.

우리는 비행 전후로 만나서 다이어트와 피부 관리 정보를 공유했으며, 요즘 인기라는 시술 이야기를 나누었다. 단체로 가면 할인을 더 해준다길래 승무원 넷이서 강남 피부과로 향한 적도 있다. 그 당시 나비존의 늘어난 모공으로 스트레스 받던 나는 피부과에서 모공 레이저 100만 원을 결제했다.

여성성으로 대상화된 승무원으로 일하면서 환멸과 회의감을 느끼다가도 여자라면 끊임없이 관리하고 예뻐져야 한다는 틀 안에서 벗어나지 못하고 있었던 것이다.

나는 후배에게 지금도 충분히 예쁜데 무슨 광대 성형이냐며 말을 꺼냈다가, 일단 주문부터 하자고 화제를 돌려버렸다. 아무리 칭찬이어도 외모를 향한 언급 자체가 또다시 외모로 평가받고 있다고 느끼게 할 것 같아서였다.

음료를 주문한 후 후배는 내가 오늘 바른 립이 예쁘다며 무슨 제품이냐고 물었다. 나는 파우치에서 꺼내 보여주었고 후배는 호수가 적힌 립스틱 바닥을 핸드폰 카메라로 찍었다. 여자는 평생 2년의 세월을 화장하는 데 쓴다는데, 내가 보기에 자신에게 맞는 화장품을 찾아보고 비교하며 써보는 시간까지 2년은 더 얹어야 맞을 것 같다.

비
행
기
로
출
근
하
는 마음

난기류가 휩쓸고 간 후

인간은 망각의 동물. 장거리 비행에서 고요하고 평화로운 비행이 몇 시간씩 이어지면 설마 얼마나 큰 난기류를 만나겠냐는 생각이 든다. 그 가벼운 방심이 얼마나 위험하게 다가올지 모른 채.

여느 때와 다름없는 미국 서부 비행이었다. 나는 이코노미 클래스 담당이었고 첫 번째 기내식 서비스를 무난히 이어갔다. 이코노미 클래스는 좌석 간 간격도 가깝고 공간이 넉넉지 않아 테이블에 식판 하나만 놓아도 승객들이 느끼기에는 한없이 비좁다. 다 먹은 빈 접시를 빨리 치워버리고 싶은 마음을 알기에 승무원은 배식 때보다 회수 때 속도를 낸다. 그리고 식판을 회수하며 식후 음료로 커피, 녹차, 홍차 같은 따뜻한 음료를 제공한다.

나는 빠른 속도로 식판을 회수하는 동시에 식후 음료를 물어보고 제공하기에 여념이 없었다. 그때 바로 난기류가 닥쳤다.

부웅!

순간 비행기가 밑으로 쑥 빨려 들듯이 내려앉았다. 몇몇 승객은 비명을 질렀고 아직 회수하지 못한 접시들이 통로와 바닥으로 이리저리 떨어졌다. 음료 역시 무자비하게 쏟아졌다.

다시 부웅!

기체가 고도를 잃고 내리 떨어지자, 그렇게 벨트 좀 매라고 주의를 주어도 잘 안 매던 얄미운 승객들이 찰칵찰칵 버클을 채우며 모범적으로 벨트를 맸다.

나는 좌석 사이 통로에 덩그러니 놓인 채 한 손으로 카트를 꽉 잡고 쭈그려 앉았다. 반대쪽 팔은 승객 좌석 팔걸이에 단단히 걸었다. 카트는 100kg을 가뿐히 넘기에 기내에서 가장 위험한 물건이다. 난기류로 인해 기체가 흔들려 카트가 쓰러지거나 제멋대로 굴러가서 승객과 충돌하기라도 하면 심각한 부상으로 이어질 수 있다. 카트는 승무원이 반드시 사수해야 하는 것이다.

뒤늦게 안전벨트 사인 등이 켜지며 안전벨트 착용 방송이 흘러나왔다. 기체 흔들림이 조금 덜한 것 같아 카트를 갤리로 돌리려는 순간 다시 한번, 기체가 요동쳤다. 나와 같은 자세로 카트를 잡고 있던 동료 승무원과 카트 사이로 눈이 마주쳤다. 일단은 잠잠해질 때까지 이 상태로 기다리기로 했다. 그러나 터뷸런스는 쉬이 물러날 기미를 보이지 않고 계속되었다. 뻥 뚫린 카트 내부를 통해 동료 승무원 얼굴을 보고 있던 나는 이내 기겁할 수밖에 없었다.

카트 위에는 뜨거운 음료로 커피, 녹차, 홍차가 있었는데 그중에서 커피포트가 흔들려 동료 승무원 머리 위로 쏟아져 내린 것이다. 그의 정수리부터 턱 끝까지 까맣게 흘러내리는 커피 줄기를 보고 나는 등줄기가 서늘해졌다. 얼굴에 화상을 입을지도 몰랐다. 너무 뜨거워 눈도 뜨지 못하고 입만 뻐끔거리는 그녀에게 당장 응급처치를 해야 할 판인데, 야속하게도 기체는 여전히 곤두박질치듯이 떨어져 내렸다.

그런데 갑자기 눈앞이 깜깜해졌다. 누가 머리 위로 담요를 씌운 것이다. 한 겹도 아니고 몇 겹씩 씌워지는지 눈앞이 더욱 더 깜깜해지며 담요가 겹쳐지는 무게를 느낄 수 있었다. 생각해 보니 아직 카트 위에는 나를 향해 가깝게 놓인 녹차와 홍차 포트가 있었다. 승객들이 커피 범벅이 된 동료 승무원을 보고 내게도 음료가 쏟아질까 봐 담요를 덮어준 거였다.

　울컥, 하는 마음이 들었다. 승객을 위한 안전 요원으로 존재하는 승무원이지만 승객 역시 승무원의 안전을 위하는 마음이 느껴졌기 때문이다. 그렇다고 감동만 받고 앉아 있기에는 커피를 뒤집어쓴 동료가 앞에 있었고 기내 상황도 살펴야 했기에 나는 담요를 빼꼼히 들어보았다. 동료 승무원은 커피에 빠진 생쥐 꼴이었다. 그는 카트를 잡은 채로 쪼그려 앉아 승객들이 던져준 담요로 눈과 얼굴을 닦고 있었다. 따가운지 연신 눈을 찡긋거리며 내게 갤리로 돌아가자는 사인을 보냈다. 카트를 천천히 움직여 갤리로 끌고 가는데, 다시 기체가 크게 흔들려 갤리까지는 가져가지 못하고 갤리 옆 화장실에 브레이크를 걸고 처박아 버렸다.

　그러고 나서 겨우 승무원 좌석에 착석해 안전벨트를 맸다. 한숨 돌릴 틈도 없이 동료 승무원의 얼굴을 살폈다. 그는 뜨거운 커피를 정통으로 맞은 탓에 한눈에 보기에도 벌겋게 달아올라 있었다. 시뻘건 얼굴과 아수라장이 된 기내를 번갈아 들여다보니 아찔해졌다. 기체 맨 뒷좌석에 앉아 바라본 기내는 통로와 바닥 여기저기에 버려진 식판과 쏟아진 음료로 엉망진창이었다. 동료 승무원도 이렇게 생각지 못한 상처를 입었는데, 분명 승객에게도 크고 작은 부상이 있을 터였다. 난장판이 되어버린 기내를 정리하는 것도 일이지만 상처 입은 승객들을 위한 치료 대처가 가장 걱정됐다.

이내 곧 안전벨트 착용 사인이 꺼졌고, 우리는 재빠르게 기내를 돌아다니며 승객들 상태를 살폈다. 다행히, 크게 상처나 화상을 입은 승객은 없었다. 나는 화상을 입은 동료 얼굴에 연고를 발라주고 쿨링팩으로 진정시켰다. 다른 승무원들은 기내 정리 및 청소 작업으로 바빴기에 그날은 장거리 미국 비행임에도 불구하고 단 10분의 휴식 시간도 가질 수 없었다.

딱히 누군가의 탓으로 돌릴 수도 없는 난기류로 인한 피해는 어떡하면 좋을까. 이런저런 이유로 갑작스럽게 만나는 난기류를 예측할 수 없다면, 그저 항상 조심하는 수밖에 없을 것이다. 승객은 기체가 흔들리지 않고 평온하게 느껴져도 좌석에 앉아 있을 때는 항상 안전벨트를 매야 하고, 크거나 무거운 짐은 앞좌석 아래에 깊숙이 두거나 수납함에 넣어야 한다.

이착륙 전 기내 안전 점검을 할 때 승무원은 승객에게 많은 주의를 준다. 대부분이 무심코 멍하니 앉아 있다가 승무원이 주는 지시 및 주의 사항에 별생각 없이 따랐을 거다.

"손님, 좌석 등받이와 테이블을 원위치로 돌려주세요."

"손님, 죄송하지만 가방은 앞좌석 아래쪽에 놓아주세요. 아니면 제가 수납함에 넣어드릴까요?"

"창문 덮개 열어주시기 바랍니다."

귀찮게 여겨질 수 있지만 이는 모두 안전한 비행을 위해서다. 비스듬히 눕혀놓았던 좌석 등받이를 곧게 세우고 테이블을 접어야 하는 이유는 비상 탈출에 대비하기 위함이다. 바로 일어나서 뛰쳐나가야 하는데 테이블이 펼쳐져 있으면 테이블에 걸릴 테고, 뒤로 젖혀진 좌석은 재빨리 움직이는 데 방해가 될 수도 있다. 탈출 경로에 방해되는 장애물이 있어서도 안 된다. 그래서 비상구 앞좌석에 앉은 손님은 좌석이 넓어 좋을지라도 비상 탈출에 걸림돌이 될 수 있는 짐을 소지하고 앉을 수 없다. 무겁고 큰 짐을 앞좌석 아래 깊숙이 또는 수납함에 넣어야 하는 이유도 탈출 시 걸림돌이 되지 않기 위함이다. 또는 갑작스러운 난기류를 만났을 때 날아올랐다가 떨어지는 짐에 부딪힐 위험을 방지하기 위해서다.

창문 덮개를 활짝 열어두어야 하는 까닭 역시 비정상 상황에 대비하여 기체 바깥 상황을 잘 살펴보기 위해서다. 항공사고는 이착륙 시 가장 많이 발생하는데, 실제로 이륙 직후 승객이 창문 너머로 비행기 엔진이나 날개에 불이 붙은 것을 발견하고 승무원에게 알려 큰 사고로 이어질 뻔한 위험을 막은 적도 있다.

안전한 비행을 만들기 위해서는 승무원뿐만 아니라 승객의 안전 의식과 협조도 굉장히 중요하다. 그러니 승무원도 기내 안전 점검을 할 때 무조건 "창문 열어주세요", "테이블 원위치로 돌려주세요", "짐 정리해 주세요"라고 형식적으로 간단하게 말하기보다 짧은 설명을 곁들이면 어떨까.

"손님, 이륙 시 기체 바깥 상황이 잘 보이도록 창문 덮개를 열어주시기 바랍니다. 위험하거나 이상한 점을 발견하면 저희 승무원에게 바로 말해주십시오."

"손님, 혹시 모를 비상 상황 발생 시 탈출에 걸림돌이 되지 않도록 테이블을 원위치로 돌려주시기 바랍니다."

"갑작스러운 난기류로 인해 짐이 날아오를 위험이 있으니, 큰 짐은 수납함에 넣어주시겠습니까?"

단순하게 지시를 내리거나 주의를 주는 것보다 승객이 왜 그렇게 해야 하는지 이해할 수 있도록 간략한 설명을 곁들인다면, 승객 역시 안전한 기내 환경을 만드는 일에 적극적으로 협조할 것이다.

다음 비행도 샌프란시스코행으로 미국 서부 비행이다. 이번엔 안전벨트를 매지 않은 손님에게 그냥 매달라고 하지 않으려 한다. 그보다는 이렇게 말하고 싶다.

"손님, 갑작스러운 난기류로 기체가 흔들릴 위험이 있으니 손님의 안전을 위해 안전벨트를 매주시겠습니까?"

시도 때도 없이 나타나는 난기류에 대비하고 승객을 안전하게 모시는 게 제일이니 한두 마디쯤 더 하는 수고는 마땅히 해야 한다고 생각합니다. 카트를 붙잡고 앉아 있는 승무원 머리 위로 뜨거운 홍차가 쏟아질까 걱정돼 덮고 있던 담요를 기꺼이 건네는 저희 승객들을 위한 일이니까요.

시선에 마음을 담을게요

눈이 가는 곳에 마음도 함께 가는 일. 별거 아닌 것 같은 이 말이 실은 얼마나 어려운 일인지를 비행할 때마다 느낀다. 눈을 통해 모든 걸 볼 수는 있지만, 지나친 후에도 기억과 마음에 남는 잔상이 과연 얼마나 될까. 뒤돌자마자 또렷하게 기억할 수 없는 얼굴이 대부분이다. 그저 시선만 갔을 뿐 마음이 그 눈길과 함께하지 않아서이다. 그와 달리, 마음이 함께하는 시선과 눈길은 관찰력이 발휘되어 기억에 남는다.

승무원으로서 중요한 자질 중 하나가 바로 이 관찰력이다. 승무원은 한 비행에 적게는 수십 명, 많게는 이삼백 명의 승객을 맞이하고 응대한다. 그날 비행에 수상해 보이는 승객이나 물건은 없는지 탑승 때부터 주의를 기울여 살피고, 한창 서비스하는 도중에도 혹시 어딘가 불편하거나 아파 보이는 승객은 없는지 승객들의 표정 하나도 읽어낼 수 있어야 한다.

신입 승무원 시절 관찰력이 부족하여 몇몇 승객에게 보다 세심한 서비스를 제공하지 못했다. 한 분은 거동이 불편한 승객이었는데, 아예 걸을 수가 없어서 휠체어로 기내 좌석까지 안내를 받았다. 휠체어에서 좌석으로 바꿔 앉기 위해 잠시 일어나야 했기에, 승객은 앞좌석의 헤드레스트와 팔걸이를 힘겹게 붙잡으며 몸을 일으켰다. 손목부터 시작해 팔뚝 전체가 부들거렸다. 좌석으로 옮겨 앉고 난 후에도 손을 부들부들 떠는 게 보였다. 어느새 일반 승객 탑승이 시작됐는지 통로로 승객들이 몰려왔다. 나는 다른 승객들을 맞이하느라 금세 정신이 없어지고 말았다.

이륙 후 곧장 기내식 서비스를 시작했다. 거동이 불편한 승객은 내가 맡은 서비스 구역에 앉아 있었다. 나는 그 승객에게 선호하는 메뉴와 음료를 물었고, 그가 주문한 식사를 테이블에 올려드렸다. 그리고 오렌지 주스를 컵에 따라 그대로 그에게 건넸다. 그런데 컵을 받은 그의 손이 심하게 떨려 주스가 이리저리 넘치고 튀었다.

순간적으로 '아차! 이 승객분 아까 수전증이 심해 보이셨는데…' 하는 생각이 스쳐 지나갔다. 급한 대로 승객의 옷과 테이블에 튄 음료를 닦아드리고 있는데, 카트 맞은편에서 서비스하던 선배 승무원이 오렌지 주스를 따른 컵에 뚜껑을 씌우고 빨대를 꽂아 건네주었다. 이 상황을 보고 재빨리 준비해 준 것 같았다. 부끄러웠다. 그 승객에게 식사와 음료를 제공하기 전에 내가 미리 생각하고 준비해야 했던 일이었다. 손 떠는 걸 보고도 나는 아무런 인지 없이 서비스를 밀고 나가는 일에만 급급했다.

또 한 분은 노쇠하신 할아버지 승객이다. 백발의 할아버지였는데, 역시 거동이 불편해서 좌석까지 휠체어에 의지하여 안내받아야 했다. 거동이 힘든 승객은 좁은 기내에서 이동해 화장실을 이용하기 어렵다. 승무원은 기내 휠체어나 지팡이를 준비하여 화장실까지 부축하는 방식으로 승객을 돕는다. 승객이 요청하기 전에 불편하거나 필요한 것은 없는지, 화장실 이용은 괜찮으신지 미리 물어보는 센스 역시 필요하다.

그날은 뉴욕행으로 비행시간이 약 10시간이었다. 착륙 한 시간 전이었고, 우리는 착륙 준비에 여념이 없었다. 기내를 한 바퀴 둘러보는 도중 가만히 앉아 있는 할아버지가 새삼 눈에 띄었다. 생각해 보니 비행 내내 나는 단 한 번도 화장실 사용을 도와드리지 않았다. 아뿔싸!?! 급하게 다른 승무원들에게 가서 할아버지 승객의 화장실 사용을 도와드린 적이 있는지 물었다. 모두 고개를 저었다. 나는 재빨리 할아버지에게 다가가 물었다.

"손님! 착륙까지 한 시간 정도 남았는데요… 그 전에 화장실 사용 한 번 하시겠어요?"

백발의 할아버지는 엷은 미소를 띠며, 그렇게 하겠다고 대답했다. 나와 또 다른 승무원이 기내 휠체어를 준비했다. 화장실 앞까지는 휠체어로 안내했고, 화장실 바로 앞에서 할아버지를 일으켜 세운 다음 지팡이를 넘겨드리고는 문을 열었다. 화장실 사용을 마치실 때까지 앞에서 기다렸다가 다시 좌석에 안전하게 착석하실 수 있도록 도왔다. 좌석에 돌아와 앉은 할아버지에게 다시 물었다.

"손님…! 긴 비행시간 동안 한 번도 화장실에 가지 않으셨잖아요. 안 불편하셨어요? 미리 말씀하지 그러셨어요."

할아버지는 배시시 웃음을 지어 보였다. 웃는 얼굴에 주름이 더 짙게 패었다.

"다들 바쁜 거 잘 아는데 뭘…. 나는 그래서 사실 비행기 타면 화장실 안 가려고 물이나 음료수를 거의 안 마셔요. 그래도 고맙네. 이렇게 미리 물어봐 줘서."

얼굴에 열이 올랐다. 나는 아니라고, 더 일찍 마음 쓰지 못해 죄송하다고 말하고는 돌아섰다. 할아버지에게 고맙다는 말을 들을 자격이 없었다. 일반 승객도 아닌 거동이 불편하고 노쇠하신 할아버지 승객을 긴 비행시간 내내 신경 쓰지 못한 게 사실이었으니까. 마음이 없는 텅 빈 시선으로 기내를, 승객들을 바라본 걸 들킨 기분이었다.

그간 많은 빚을 지며 비행했다. 비행하면서 승객의 손떨림을 보고도 무심하게 오렌지 주스가 가득 찬 컵을 내밀던 모습의 내가 있었고, 긴 시간 동안 화장실 사용 한 번 도와드리지 않은 나도 있었다. 비행은 계속되고 아직도 매일같이 짐을 꾸린다. 이어지고 이어지는 비행, 만나고 또 만나고 스쳐 가는 승객들. 지금도 비행이라는 일이 내 손에 꼭 맞게 쥐어지는 기분은 들지 않는다. 그럴 일은 영영 없을 거다. 그래도 조금이라도 더 미더운 승무원이 되고자 캐리어를 끌고 현관을 나선다. 이런저런 비행 이야기를 품은 몸, 이 몸뚱이 하나 믿고 비행기 문 앞에서 승객을 맞이한다. 이 몸은 오늘도 비행에서 일어나는 모든 일을 어떻게든 맞이하고 감당해야 한다. 기내에서만큼은 마음을 꾹꾹 눌러 담은 눈길로 말이다.

승무원에게 터무니없는 요구를 하는 승객도 있지만, 이렇게 아무 말 못 하고 혼자서 끙끙 앓는 승객도 있습니다. 그런 분이 훨씬 많아요.

진상 승무원이 나타났다

한일 노선 비행으로 만석이었고 이코노미 클래스 담당인 날이었다. 기내식과 음료가 실린 카트를 급히 몰던 찰나, 왼손으로는 카트를 밀면서 오른손으로 음료를 확 하고 들어올리는데, 음료가 담긴 종이 팩이 통째로 승객 정수리 위로 떨어졌다. 종이 팩은 뜯어진 상태로 가득 차 있었다. 봉변을 당한 승객은 중년 여성이었고, 딸과 나란히 앉아 영화를 감상하며 냉메밀을 후룩후룩 먹고 있었다. '아차!' 싶기도 전에 쏟아진 음료는 그녀의 정수리부터 엉덩이까지 마구 흘러내렸다. 좌석을 흠뻑 적시고도 남아 아예 좌석에 고여버렸다. 그나마 다행이라고 해야 할까, 쏟은 음료는 녹차였는데 걸쭉한 토마토 주스였다면… 생각도 하기 싫다.

승무원이 많이 하는 실수가 바로 음료를 쏟거나 놓치는 일인데, 보통 승무원과 승객이 서로 음료를 건네주고 받다가 생긴다. 주고받는 타이밍이 맞지 않아 발생하기에 전적으로 한쪽만의 탓은 아니다. 그런데 이번 실수는 전적으로, 백 퍼센트 단연코! 내 잘못이었다. 심장이 쿵 내려앉는다는 말이 이런 건가 싶었다.

"뜨헉! 죄, 죄송, 죄송합니다! 죄송합니다!"

나는 동료가 가져다준 마른 수건과 티슈로 녹차 범벅이 된 승객의 정수리부터 훔쳐냈다. 목덜미와 어깨는 물론 팔과 등에도 물기가 흥건했다. 세탁비나 보상은 나중 문제였다. 나는 눈도 마주치지 못하고 죄송하다는 말만 연신 내뱉으며 승객의 젖은 옷과 머리카락에서 뚝뚝 흘러내리는 녹차 물에 정신이 팔려 있었다. 난 이제 죽었다, 라는 생각도 들지 않을 만큼 말 그대로 정신이 나갔다. 오히려 승객이 담담한 투로 말했다.

"괜찮아요, 괜찮아. 일하다 보면 그럴 수도 있는 거지. 가서 일 봐요. 대충 닦으면 돼요."

"네? 아닙니다, 아닙니다! 정말 정말 죄송합니다. 너무 놀라

셨죠. 옷도 젖었는데 좌석 시트까지 다 젖어버려서… 찝찝해서 정말 어떡하죠. 만석이라 좌석을 옮기지도 못해서요. 일단 담요를 좌석 시트 위에 얹어드릴게요! 그리고 옷은 제가 회사에 보고해서 드라이클리닝 쿠폰을 발급…."

승객은 내 말을 끊고 말했다.

"하이고, 괜찮다니까요. 이제 곧 내릴 건데요, 뭐. 가서 일 보래도?"

괜찮다고 말하는 승객의 머리카락에서는 여전히 녹차가 한두 방울씩 흘러내리고 있어서 전혀 괜찮아 보이지 않았다. 명백한 내 잘못이고 실수였기에 이번에야말로 나는 마땅히 승객의 읍박을 견뎌야 했는데, 그녀는 그럴 마음이 전혀 없어 보였다.

승객은 착륙하기 전에 보던 영화나 마저 빨리 봐야겠다며 일하러 가보라 했다. 물기로 젖어 축 처진 승객의 정수리를 보면서 나는 우리 엄마도 나한테 이렇게 하지 못할 거라는 생각이 들었다. 그날 비행에서는 진상 승객이 없었고 내가 바로 진상인 승무원이었다.

감정 노동에 종사하는 대표 직업인 승무원의 미소가 때로는 슬프다고 여겨졌다. 표정과 행동, 말투, 외적인 요소 등 일거수 일투족을 타인에게 평가받기 때문이었다. 평가 주체는 승객이고, 나는 항상 그들의 평가를 기다려야 했기에 답답하기만 했다.

그런데 평가를 내리기는커녕 잘잘못을 따지지도 않는 승객을 만나 오히려 어안이 벙벙했다. 나중에 회사로 컴플레인 레터가 날아올지도 모른다고 마지막까지 생각했다. 하지만 한참 후에도 회사에서는 아무런 말이 없었고, 이제는 내게도 그날 비행이 아득한 기억으로 남아 있다. 그리고 내 마음속에는 작지만 분명하게 자리 잡은 다짐 하나가 생겼다.

일터에서 갑일 수 있는 사람이 얼마나 있겠냐만, 일터에서 을로 받은 스트레스를 다른 곳에 가서 갑질로 풀지는 않겠다고 나부터 되새기는 것이다. 그 승객의 축축한 정수리를 생각하면 금방이라도 마음이 물렁해지고 마니까.

························· 📍 ·························

'그럴 수도 있지'라는 말은 우리를 한 걸음 물러나게 해주는 것 같습니다. 그럴 수도 있지, 그럴 수도 있는 거지. 사사로운 일에서 벗어나기 위해 속으로 가만가만 되뇌어 봅니다. 저에게 봉변을 당한 그 승객도 아마 그런 마음이셨겠죠.

···

손님, 저도 처녀 귀신은 되기 싫습니다만…

괜찮아, 괜찮아. 부들부들 떠는 동료의 등을 쓰다듬으며 하나 마나 한 소리를 내뱉는다. 동료 승무원의 목울대가 붉거나, 충혈된 눈에 눈물이 고여 있을 때는 십중팔구 승객에게 험한 소리를 듣고 온 경우였다. 나도 꽤 자주 눈시울을 붉히던 승무원이었지만, 사무장이 된 후로는 웬만한 수준이 아니고서야 승객 반응에 크게 연연하지 않게 되었다. 무뎌지기도 했거니와 그날 비행을 무사히 이끌어야 한다는 책임감 때문이기도 할 것이다.

사무장으로 비행한 그날은 정비 문제로 이륙이 지연되던

상황이었다. 나는 각 승무원을 기내에 골고루 배치하여 혹시 있을 승객의 질문에 적절히 응대하도록 지휘했다.

"마냥 '잠시만 기다려주십시오'라고는 말하지 마세요. 승객 입장에서 10분이 걸릴지, 1시간이 걸릴지 짐작할 수도 없으면 얼마나 애가 타겠어요. 도착 공항에 마중 나와 있는 사람한테 알려야 한다거나, 회의나 약속 시간을 변경해야 할 수도 있잖아요. 승객분한테 도착 시간은 무척이나 중요한 거예요. 일단 기장님께서 약 30분 소요된다고 말씀하셨으니, 방송은 제가 이미 했지만 혹시 못 들으셨거나 재확인차 물어보는 승객이 계시면 예상 소요 시간은 최소 30분이라고 다시 안내해 드리세요. 정보를 받는 대로 신속히 알려드리겠다는 말씀도 덧붙이고요. 그럼 이제 천천히 기내를 돌아보면서 승객분들 잘 살피시고, 특이 사항 발생 시 바로 저한테 인터폰으로 보고해 주시면 되겠습니다."

우리는 앞으로 발생할 승객의 불만을 묵묵히 감수할 작정이었다. 선임 승무원은 여유 있는 모습으로 제일 먼저 기내로 나섰고, 신입 승무원은 주저주저하는 모습을 보였지만 어쩔 수 없다는 듯이 기내로 따라나섰다. 나는 손목시계를 다시 한 번 확인하며, 정비가 빨리 끝나기만을 바랐다.

의외로 승객들은 조용히 앉아 있었다. 인내심이 좋은 사람들임에 틀림없다고 안심하려던 차에 기내 뒤쪽에서 신입 승무원이 쩔쩔매는 모습이 보였다. 정확히는 앉아 있는 승객을 향해 허리를 앞으로 구부리고 있는 뒷모습이었는데, 분명 곤란해하는 모양새였다. 나는 발걸음을 재빠르게 놀려 기내 뒤쪽으로 성큼 건너갔다.

한 여성 승객이 목소리를 높여가며 말하는데 우리 막내는 무어라 대꾸하지도 못하는 것 같았다. 막내 승무원의 뒤쪽에 바짝 다가서고 나서야 뭐라고 말하는지 제대로 들을 수 있었다.

"아니, 탑승 전에 이미 정비가 완벽하게 돼 있어야 하는 거 아니야? 무섭고 불안해서 비행기를 탈 수가 없잖아!"

나는 재빨리 막내 승무원의 앞쪽으로 나서 승객의 말을 받았다.

"네, 손님. 저는 오늘 비행의 사무장입니다. 항공기 재정비로 이륙이 지연된 점 정말 죄송합니다. 이는 승객 여러분의 안전을 위한 조치이오니, 불편하시더라도 조금 양해하여 주시기 바랍니다."

승객은 그래도 분이 풀리지 않는지 끝내 모진 말을 내뱉고야 말았다.

"아니! 아가씨들이야 떨어져서 죽어도 상관없지만 나는 집에 아기가 있어. 나는 떨어져 죽으면 안 된다고오!"

그 말을 듣는 내 눈가가 떨려왔다.

"안전하게 모시기 위해 저희 승무원들을 비롯해 기장과 정비사 모두 최선을 다해 노력하고 있습니다. 약 20분 후 정비 점검을 마치는 대로 출발하겠습니다. 자세한 사항은 방송으로 다시 안내해 드리겠습니다."

승객은 고개를 절레절레 저었고, 나는 가벼운 목례를 한 뒤 막내 승무원을 데리고 갤리로 돌아갔다. 갤리에 들어서서 뒤를 돌아보니 막내 승무원이 금방이라도 울 것처럼 눈에 눈물을 가득 머금고 있었다. 나는 달래듯 말을 이었다.

"자기 괴로운 심정에 마음에도 없는 소리 그냥 막 내뱉은 걸 거예요. 귀담아들을 필요도 없으니까…."

막내 승무원은 양손에 얼굴을 묻더니 고개를 푹 숙였다. 결국 울음이 터진 모양이었다.

"그래도, 그래도 어떻게 그렇게 말할 수가 있어요. 죽어도 상관없다니요. 저희는 뭐 가족도 없어요? 집도 절도 없는 사람들이냐고요, 저희가…."

맥 빠진 웃음이 나왔다. 대수롭지 않은 척 승객의 매서운 말을 받아내면서도 얼굴이 붉어지고 입술을 물어뜯던 내 예전 모습이 떠올라 지어진 웃음이었다. 그렇게 얼굴도 잘 기억나지 않는 승객을 미워하던 시간도 지나가고, 승무원 생활 8년에 이제 어느 정도 무뎌진 나였지만, 끅끅거리며 울고 있는 막내를 보니 다시 가슴이 뛰고 속이 울렁였다.

"어떻게… 어떻게 그렇게 말할 수가 있냐고요. 끅끅."

막내는 그저 그 자리에 서서 울었다. 당연하게도 나는 억한 심정이 들거나 괴롭지는 않았다. 어떤 승객은 자신이 우리보다 나은 위치에 있다고 생각하며 함부로 대했고, 또 어떤 승객은 우리에게 고마운 마음을 표했다. 이번 설 명절에는 국내선 비행을 하루 네 개씩 했는데, 승객들이 내 손에 천혜향부터 시작해 귤이나 떡, 홍삼 스틱을 쥐여주는 통에 다 같이 기내에서 먹고 처리하느라 바빴다.

이런 승객도 있고 저런 승객도 있다고 생각하면 일일이 분노할 필요도 없었다. 한번은 승객의 꾸지람을 듣느라 구부렸던 허리를 펴고 일어났는데, 뒷좌석에 앉은 승객들이 주먹을 불끈 쥐어 보이며 입 모양으로 '파이팅!' 또는 '힘내세요!'를 만들어준 적도 있다. 우리는 죽어도 된다는 승객의 말에 내 앞에서 끅끅거리며 울고 있는 막내도 따뜻한 승객을 만나면 다시 해맑아질 텐데… 하는 생각이 들어 막내 등을 쓰다듬으며 말했다.

"그래… 우리 처녀 귀신은 될 수 없는데 말이에요. 나도, 우리 막내도 시집은 가야지…."

막내 승무원은 처녀 귀신이란 말이 웃겼는지 피식, 하고 힘없이 웃었다. 막내가 웃자 조금 안심이 돼 나도 웃어 보였다. 정비가 무사히 끝났다는 연락이 오는 게 요원하게만 느껴졌고, 비행은 아직 시작도 못 한 상태였다. 점검을 무사히 마치더라도 도착지까지는 또 얼마나 많은 일이 벌어질지 몰랐다.

눈앞이 캄캄했다.

이해해야 하는 쪽. 그날 우리는 이해해야 하는 쪽이었다. 우리는 늘 이해하려 하는 사람이었다. 대부분의 경우 승객들의 입장과 편의를 위해서도 그게 맞다고 생각했다. 하지만 그날 나는 막내에게 우리를 조금도 이해하려 하지 않는 사람까지 이해하라고 강요하고 싶지 않았다.

번번이 져주고 힘든 건, 이해해야 하는 쪽이죠. 사랑하는 사람과의 관계에서도 그렇잖아요. 익숙해지는 일이 아니라 지치고 지겨워지는 성질의 일입니다. 그러기 전에 바로잡아야지요. 바로, 잡아주실 수 있을까요.

우리가 더 유연하게
존재할 수 있는 상대

응비니, 비행 잘 하고 이쪄?

비행을 마치고 호텔에 도착해 핸드폰을 보니 짧지만 대찬 기운의 애교가 담긴 메시지가 와 있었다. 가부장적이고 무뚝뚝한 데다 무신경하기까지 한 전형적인 경상도 남자인 큰아버지한테서 온 메시지이기에 대찬 기운의 애교라고 할 수밖에 없겠다.

항공사 안전보안요원으로 근무하셨던 큰아버지는 조카가 항공업계에서 승무원으로 일하게 되자 굉장히 기뻐했다. 아마도 항공업계 종사자가 쓰는 전문 용어와 은어, 해외 스테이에서 빚어지는 이야기들을 누구보다 잘 이해할 사람이 생겼기 때문이라고 짐작해 본다. 큰아버지는 안전보안요원으로 비행했던 시절을 반추하며 이야기하기를 무척이나 즐겼으니까. 비록 큰아버지가 "재밌는 얘기 하나 해줄까"라는 말로 시작한 이야기는 정말 재미없긴 했지만 말이다. 차라리 '재밌는 얘기'라는 말 없이 그냥 이야기하셨다면 그나마 들을 만했을지도 모르겠다. 왜 꼭 "얘기 하나 해줄까?" 묻는 것인지, "아니요!"라고 외치고 싶지 않은가.

그래도 이야기를 시작하려는 큰아버지의 달싹거리는 입과 반짝이는 눈을 보면 마음 한구석이 물렁해져 다소곳이 앉게 됐다.

"은빈이 너는 알겠지. 장거리에서는 데드헤드가 사실 더 죽을 맛이잖냐. 데드헤드 알지? 요즘도 데드헤드라고 하나?"

데드헤드(비행 중 업무를 담당하지 않으며, 일반 승객처럼 좌석에 앉아 비행하는 승무원)라는 단어를 참으로 오랜만에 써본다며 큰아버지는 크게 웃곤 했다.

명절이나 집안 행사로 큰집에 머물 때면 나는 보통 큰아버지 옆에 붙어 있는다. 내 앞에서 수다쟁이가 된 큰아버지는 분명히 지난번에도 들었던 것 같은 비행 이야기를 다시 한번 야무지게 풀어놓는다. 그럼 나는 다부진 방청객 모드가 되어 분명히 지난번에도 똑같이 했던 것 같은 리액션으로 '어머 어머'를 연발하며 이야기를 듣는다. 그렇게 야무진 수다쟁이 큰아버지와 다부진 방청객 조카가 새벽 2시가 되도록 비행 토크쇼를 이어가면, 보다 못한 큰어머니가 빨리 들어가서 잠이나 자라고 툭하니 한 소리 던지고는 안방으로 들어갔다.

큰집 식구인 큰어머니와 사촌 언니, 사촌 오빠 모두 대구 토박이로 경상도 스타일이어서 그런지 큰집 식구들은 다들 애정 표현에 인색하다. 그에 비하면 나는 비교적 상냥한 말씨를 가진 서울 사람이고, 큰아버지에게는 워낙에 어려서부터 애교쟁이 조카였기에 큰아버지와 쿵짝이 잘 맞는 건지도 모르겠다. 큰어머니나 사촌 언니에게는 경상도 특유의 사투리로 무뚝뚝하게 말하는 큰아버지도 내게는 "잘 있었쩌?"라고 하는 걸 보면 말이다.

이쯤에서 하나 분명히 알 수 있는 점이 있다. 내가 먼저 큰아버지에게 재밌는 얘기를 좀 더 해달라고 채근하지 않는다면 큰아버지는 수다쟁이가 되지 않을 거라는 점. "큰아버지, 그 에피소드는 너무 재밌네요", "역시 우리 큰아버지, 그때 너무 멋있었네" 하지 않는다면 그는 내게 대뜸 "비행 잘 하고 이쩌?"라고 먼저 묻지 않을 거라는 점도.

이것은 내가 매일같이 마주하는 승객들과의 만남에서도 똑같이 이루어진다. 승무원이 아닌 친구들과 만나면 친구들은 회사에 대한 불평과 상사 욕을 쏟아내고 나는 근래 기억에 남는 승객이나 그 승객과의 대화를 신나게 떠들어댄다. 그럴 때마다 친구들은 내가 승객과 나눈 대화를 듣고는 믿을 수 없다는 눈치를 내비쳤다. 본인들도 비행기를 여러 번 타봤지만 비행기에서 승무원과 그렇게 길게 대화를 나눠본 적은 단 한 번도 없다고. 아무리 네가 오지랖이 넓고 들이대는 성격이라도 어떻게 그런 대화까지 나눌 수 있냐며 미심쩍어했다. 심도 있는 대화는 비행기라는 장소에서 승객과 승무원이 가질 수 없는 성질의 것으로 단정하며 말이다.

그럴 만도 했다. 앉아만 있는 승객들이 좁은 기내를 쉬지 않고 돌아다니느라 분주해 보이는 승무원에게 대화를 청할 일은 만무했다. 나도 승객으로 비행기를 종종 탔지만 승무원과 한두 마디 이상 이야기를 이어나간 적이 없었으니까. 돌이켜 봐도 지금까지 비행하면서 승객이 먼저 내게 이런저런 애기를 건네며 대화가 시작된 건 아니었다. 나는 단지 기내에서도 큰아버지한테 했던 것처럼 승객들을 대했다. 먼저 묻고 궁금해하고 듣고 싶어 한 사람은 나였다.

비행기가 이착륙하는 동안에는 승무원도 안전을 위해 승무원 전용 좌석에 앉는다. 이 좌석 중에는 승무원이 배정받은 구역에 따라 비상구 좌석 승객과 마주 보며 앉는 좌석이 있다. 신입 시절에는 승객과 정면으로 마주하는 좌석에 앉아 있는 일이 고역이었다. 이착륙하는 10~15분간의 짧은 시간이 어색하기만 해서 앞에 앉은 승객과 혹여라도 눈이 마주칠까, 시선 처리를 어떻게 해야 할지 몰라 괜히 비행 수첩만 뚫어지게 바라보곤 했다.

비행 일이 어느 정도 익숙해지면서 승객들이 보이기 시작했고, 인상이나 표정 또는 제스처만으로 승객 특성을 파악하게 된 이후에는 자신 있게 먼저 승객에게 말을 건네게 되었다. 비행으로 우연히 만났지만 그 우연을 유쾌한 추억으로 남기는 일에는 승무원의 역할이 크다고 생각했기 때문이다. 승객과의 즐거운 대화는 승객뿐만 아니라 비행기가 일터인 내게 더 큰 활력을 주기도 했다. 물을 받으러 갤리에 온 승객에게도 물잔만 건네지 않고 뭐 하나라도 더 물어보았다. 오늘 비행에 불편한 건 없는지, 비행시간이 아직 많이 남았는데 가볍게 읽기 좋은 잡지라도 필요하신지 궁금했다. 계속 앉아만 있기에는 지루하거나 허리가 아파 복도나 갤리 근처에서 서성이며 스트레칭을 하는 승객에게도 다가섰다. 그때그때 상황에 따라 길거나 짧은 대화를 나눴다.

승객들은 대화 중 평소 궁금했던 점을 묻기도 했다. 비행기 화장실에서 물을 내리면 바람 소리가 크게 나는데 공중에서 배출하느라 그런 건 아닌지, 그게 아니라면 언제 어떻게 처리하느냐는 질문 같은 것들…. 서로 웃으며 대화를 나누다 보면 어느새 승객이 친근하게 느껴졌다. 친밀감 있는 대화의 힘이었다. 이후 서비스를 할 때, 말을 한 번이라도 나눈 승객을 더 살펴보게 되었고, 승객 역시 내게 반가운 눈짓으로 고마움을 표했다.

나는 여기서 대화의 내용보다 대화를 나누는 대상에 방점을 찍고 싶다. 더 이상 말이 이어지기 힘들게 만드는 사람이 있는가 하면, 이야깃거리가 끊임없이 쏟아져 나오게 만드는 사람도 있다. 내 말에 까무러치게 웃는 상대를 보면 내가 이렇게까지 재미나게 이야기할 수 있는 사람이었나 싶다가도, 퍽퍽한 표정을 짓고 있는 상대 앞에선 세상에서 제일 지루한 사람이 바로 나인 것만 같을 때도 있다.

똑같은 나인데 앞에 있는 사람의 반응에 따라 전혀 다른 내가 된다. 상대가 나를 어떻게 받아들이는지, 또는 얼마나 포용할 수 있는지에 따라 나라는 사람이 결정되는 것이다. 나의 유머를 받아들일 수 있는 사람 앞에서 나는 유쾌한 존재로 펼쳐질 수 있다. 평소에는 말없이 무게를 잡는 큰아버지가 내 앞에서만큼은 호기로운 수다쟁이가 되는 것처럼 말이다.

승객들 역시 물어보면 더 많은 이야기를 들려주었다. 비행으로 체력이 바닥나 호텔에만 있었던 내게 맨해튼은 빌딩 숲이지만 곳곳에 크고 작은 공원이 많아 더 낭만적이었다는 뉴욕의 모습을 전해준 승객, LA 샌타모니카 비치의 사진 찍기 좋은 장소를 추천해 준 승객, 비행이 지연되었을 때 공항에서 시간 때우는 비법을 알려준 승객. 승무원에게 뭐라도 하나 더 알려주려는 모습이 가만히 앉아 서비스를 받기만 할 때보다 훨씬 생기 있어 보였다.

어쩌면 사랑하고 사랑받고 싶은 욕망도 자신의 모습을 확장하려는 욕구에서 비롯되는 것은 아닐까. 사회에서 요구하는 격식과 틀에 맞춘 모습이 아닌 변변찮고 괴짜 같은 모습도 마음껏 내보일 수 있는 상대, 내가 사랑하는 사람, 나를 사랑해 주는 사람 앞에서 우린 더 유연하게 존재할 수 있으니까.

내 앞에서 이야기하는 사람을 제일가는 달변가로, 재치 있는 유재석으로, 때로는 진지한 철학가로 만들어줄 수 있는 나였으면 좋겠다. 그 사람을 더욱 흥미로운 사람으로 만들 수 있는 나였으면 한다. 상대가 스스로를 자신 있게 펼쳐 보이고, 내어 보이는 사람으로 존재할 수 있게 하고 싶다. 나의 반응과 태도, 무심코 드러나는 표정이 내 앞에 있는 그 사람을 만들고 있음을 안다.

같은 맥락에서 생각해 보자면 어제 만난 진상 승객, 나만 보면 열을 내는 상사, 따분했던 친구, 불친절했던 점원… 어쩌면 모두, 내가 만든 일련의 모습일 수도 있다는 소리다.

--------------------------- 📍 ---------------------------

기내에서 책 읽는 승객을 만나면 너무 반갑습니다. 힐끔힐끔 쳐다보다가 말을 걸 타이밍이 생기면 조심스럽게 무슨 책인지 여쭙기도 하고, 책 읽는 거 좋아하시냐며 추천할 만한 책이 있냐고 묻죠.

어느 비행에서 한 승객이 《인간 실격》을 읽고 있는 거예요. 반가운 마음으로 이런저런 대화를 나눴습니다. 저는 《인간 실격》 한 권만 읽었는데, 이 승객은 다자이 오사무의 전작을 읽었다고 하더라고요.

착륙 후 하기할 때였습니다. 이 승객이 제게 다가오더니 다자이 오사무의

책 순위를 매긴 쪽지를 건네줬어요. 시간이 안 된다면 1, 2위로 매긴 책만이라도 꼭 읽어보라면서요. 아직도 읽진 못했지만 그날 승객이 준 메모는 간직하고 있어요. 나중에 꼭! 천천히 읽어볼 거예요.

컴플레인과
승무원의 상관관계

평화로운 오프 날, 늦은 점심까지 침대에 누워 뭉그적
거리고 있는데 전화가 왔다. 회사로 짐작되는 번호였다. 심장
이 쿵 하니 내려앉는 기분이었다. 회사에서 오는 전화는 매번
두렵다. 죄짓지 않아도 경찰차를 보면 괜히 긴장하게 되는 것
처럼 말이다. 그렇지 않아도 나는 얼마 전에 컴플레인을 받아
잔뜩 위축되어 있었다.

"우 사무장, 또 컴플레인이 들어왔어요. 다음 비행 전에 일
찍 출근해서 면담하고 가세요."

나는 그날 어떤 컴플레인이 들어왔을지 생각하며 남은 오

프를 괴롭게 보냈다. 이 승객일까? 아냐, 그 승객 표정이 서비스 내내 좋지 않았지. 아냐 아냐, 그 뒤에 있는 승객은 보딩 전부터 짜증을 내면서 탔는데 역시 그 승객 아닐까? 이렇게 연달아 컴플레인이 들어오다니 내가 뭘 그렇게 잘못한 거지? 그렇게 무작정 떠오르는 몇 명의 승객을 괜히 의심하고 벌써부터 미워하다 다음 날 출근했다.

비행 가기 전 일찍 회사에 도착해 객실 팀장님과 면담 시간을 가졌다. 20년 이상 비행하며 컴플레인을 한 번도 받아본 적 없다던 팀장님은 미간을 살짝 찌푸리며 말했다.

"왜 계속 이런 컴플레인이 들어온다고 생각해요?"

이번 주에 받은 컴플레인 두 개의 요지는 같았다. 내가 다른 승객과 이야기를 과도하게 나누었다는 것. 컴플레인을 받은 그날 실제로 내가 승객과 이야기를 나눈 시간은 5분도 채 안 됐지만, 컴플레인하는 승객 입장에서는 다른 승객과 말 몇 마디를 더 주고받는 게 과해 보였던 것 같다. 시끄럽다고 느낄 수도 있겠고, 승무원이 안전 업무에 집중하지는 않고 승객과 노닥거린다고 느낄 수도 있겠다. 이전 글에서 썼던 것처럼 나는 매일 비행에서 최소 한 명 이상의 승객과 대화를 나누고자 한다. 승객과 서비스 외에 말 한마디 안 나눈 날에는 기억에 남는 얼굴이 없고, 기억에 남는 얼굴이 없으면 기억에 남는 비행도 없기 때문이었다.

그런데 한 승객과 대화를 나누면, 그 옆에 있는 승객이 불편해할 수도 있다는 것까지는 미처 생각하지 못했다. 팀장님과 면담을 하며 모두를 아우르는 시각으로 비행과 서비스에 임하는 것은 내게 아직 어려운 일이라는 생각이 들었다. 아직 그 지점까지는 도달하지 못한 것이다.

"우 사무장의 의도가 좋은 거는 알겠어. 그런데 단거리에서, 특히나 작은 비행기에서는 승무원의 일거수일투족이 다 보이니까 언행에 더 주의해야 해. 일본 항공사에서는 그런 종류의 서비스가 중요했을 수도 있지만, 한국 항공사는 또 다를 수 있어. 우 사무장이 한 승객이랑 유달리 사이가 좋아 보이면 안 좋은 영향을 끼칠 수도 있다고 생각해.

우 사무장이 승객에게 먼저 다가가고 대화도 시도하고 그러는 거는 참 좋아. 친근한 서비스가 우 사무장의 장점이니까. 그런 점은 장거리 비행에서 더 잘 발휘될 거야. 장거리 비행에서는 시간이 긴 만큼 여러 명의 승객에게 다가갈 수 있고, 만회할 기회도 있으니까. 그런데 단거리 비행에서는 안전 업무에 보다 집중하도록 해. 그리고 그런 모습을 보여야 해. 단거리에서는 승객이 우 사무장을 판단할 수 있는 시간이 짧기 때문에 만회할 기회가 없단 말이야."

컴플레인 내용을 듣고 처음에는 분한 마음에 얘기 좀 한 게 뭐 어떻냐는 식으로 생각했다. 아니, 비행하면서 이야기도 몇 마디 못 주고받나? 승객이랑 대화하면서 웃음까지 나누는 게 어디 쉬운 일인 줄 아나? 나 같은 승무원이 또 어디 있다고?

하지만 곰곰이 생각해 보면 팀장님의 말씀도 맞는 말이긴 했다. 일단 앞에서만큼은 순순히 내 잘못을 인정하고 경위서를 작성한 뒤 곧바로 비행하러 갔다. 그날 비행에서는 평소처럼 승객들에게 먼저 말을 걸 수가 없었다. 그러고 싶지도 않았다. 팀장님의 말씀은 비행 노선과 특징에 따라 서비스의 강약을 조절하라는 뜻이었겠지만, 나는 강약 조절이고 뭐고 앞으로 그냥 무색무취의 승무원으로 살아야겠다고 생각할 만큼 기가 꺾여버리고 말았다. 무색무취의 승무원으로 있는 듯 없는 듯, 그렇게 비행하면 칭송 카드는 못 받겠지만 적어도 컴플레인은 안 받을 거 아닌가. 그날 비행을 별 탈 없이 마친 후에도 나는 얼마간 비행을 무사히 흘려보내고만 있었다. 비행을 즐겁고 재밌게 하는 게 아니라 꾸역꾸역 스케줄을 소화해 내는, 딱 그냥 그 정도의 느낌으로 말이다.

그리고 며칠 전, 한 신입 승무원한테서 연락이 왔다. 우리 회사의 신입이었는데 승무원 준비생 시절 가장 가고 싶어 했던 항공사에 덜컥 붙었다고 했다. 회사로서는 인재를 빼앗기는 입장이겠지만 나는 기꺼이 그의 앞날을 축하해 주었다. 오히려 그 바쁜 스케줄에 언제 이력서를 내고 면접까지 보러 다녔냐며 기특하다고 말해주었다. 꿈도 중요하지만, 꿈을 펼치는 무대인 항공사도 그 못지않게 중요하다고 생각해서였다. 함께 비행해 본 나도 그의 톡톡 튀는 개성과 생기발랄함은 우리 회사보다 그가 가고 싶어 하는 항공사에 잘 어울린다고 생각했다. 그는 채팅 어플로 대뜸 내게 본인의 이력서를 보내주었다.

"사무장님, 읽어보세요."

그의 자기소개서에는 내 이야기가 쓰여 있었다. 신입 승무원이라 비행이 무섭고 승객들의 시선이 두렵기만 했는데, 나와 함께 비행하며 자신감을 얻었다고.

사무장님 한 분이 제가 신입인 것을 아시고 '승객과 스몰토크 하기'라는 비행 미션을 주셨습니다. 처음에는 어색하기만 했는데, 승객과 짧게나마 대화를 나누면서 긴장감이 점차 사라졌습니다. 이야기를 하며 한 승객의 얼굴을 들여다본 후에는, 다른 승객들의 안색과 표정 하나하나가 더 잘 보이기 시작했습니다. 그렇게 저는 승무원과 승객이 함께 호흡하며 안전한 비행을 만들어나간다는 것을 알게 되었습니다.

그는 내게 감사하다는 메시지를 보내왔다. 덕분에 비행의 묘미를 알게 되었다며, 앞으로도 즐겁게 비행하겠다는 내용이었다. 나는 그에게 괜한 말을 다 한다고, 어쨌든 축하한다고 말하며 웃어넘겼다. 그리고 나야말로 그에게 고맙다고 말하고 싶었다. 그의 자기소개서는 더 이상 승객과 스몰토크 따윈 하지 않겠다며 토라져 있는 내 마음을 다시 말랑하게 만들어주었다. 승객과 이야기하게 부추긴 사무장이 정작 연달아 컴플레인을 받은 건 웃기지만, 그래도 신입 승무원에게 좋은 길잡이가 되었다니 나름 어깨가 으쓱해지는 일이었다.

······································· 📍 ·······································

이제 저도 삐쳤던 마음을 풀어야겠다고 생각했습니다. 컴플레인을 받으면 속상하긴 하지만, 크게 기죽거나 화낼 일은 아니었거든요. 일상생활에서도 좋은 의도가 왜곡되어 오해를 낳는 경우는 수없이 많잖아요. 비행이라고 뭐 크게 다를까 싶어요. 승객들도 제 의도와는 다른 각자의 시선으로 저를 바라보고 받아들일 수도 있으니까요. 남이 나를 알아주지 않을까 걱정하지 말고 내가 알아봐야 할 승객을 놓치는 일을 두려워해야 할 것 같아요. 동시에 노선과 기종과 비행시간에 따라 그 틀에 맞게 저를 맞추고, 때로는 덜어내거나 가릴 줄도 알아야 함을 배웠습니다. 비행만 10년 가까이 했는데 아직도 배울 게 이렇게나 많습니다.

....

서로에게 위협이 아닌
위로로 남을 수 있다면

.

✈ ············

또 시작이다. 눈꺼풀 안쪽이 뻑뻑하고 미열까지 살짝 차오르는 느낌. 몸살 기운이 분명한데 아직 비행기는 뜨지도 못했다. 이런 날에는 뜨끈한 물에 몸을 한껏 담그는 걸로는 모자라 찜질패드를 아랫배에 올리고 침대 깊숙이 누워줘야 하는데, 뭐가 문제이길래 승객도 다 태우고 출발조차 못 하고 있는지. 승무원인 우리도 정확한 이유는 모른 채 항공기 점검 관계로 시간이 좀 걸린다고만 알고 있었다. 정비사님들이 이리저리 뛰어다니는 모습이 분주해 보였다. 나는 승객들에게 볼멘소리를 듣기 전에 항공기 정비 문제로 출발이 늦어진다는 안

내 방송을 내보냈다. 벌써부터 목소리가 갈라지는 것을 보니 비행을 마칠 즈음엔 파김치가 되어 있을 모습이 눈에 선했다.

기내를 돌아다니며 늦은 출발로 불만을 표하는 몇몇 승객을 응대하는데, 조종실에서 인터폰으로 연락이 왔다. 항공기 점검이 더 필요한 부분이 있어 이대로는 비행할 수 없다는 기장님의 말씀이었다. 즉, 결항이란 소리다. 아니! 우리 손님들은 이제 곧 출발할 거라 철석같이 믿고 곱게 앉아 있는데, 이렇게 비행기까지 탄 상태에서 결항이라니요? 다시 내려서 이동하고 다음 교통편 걱정에 도착 시간까지 늦어질 손님들은 얼마나 짜증이 나겠냐고요?! 이렇게 외쳤다, 라고 쓰고 싶지만 몸이 아프면 만사가 귀찮은 법. 내 입꼬리는 스리슬쩍 올라가고 말았다. 컨디션이 좋지 않았던 나는 집에 갈 수 있겠다는 생각, 뜨듯한 물에 샤워하고 찜질하며 자고 싶다는 바람으로 마침 들려온 결항 소식이 반가웠던 것이다.

결항으로 인한 비행기 하기 방송이 나가자 어이없어하는 승객들의 날선 소리가 들려왔다. 대체 뭐가 문제냐, 비행기가 이 지경이 될 때까지 그냥 타고 다닌 거냐, 무서워서 못 타겠다, 저가 항공사라서 그런 거 아니냐, 당장 ○○항공 가서 항공기를 빌려와 날 태워 보내라! 이런 참신한 아이디어를 내주시는 손님까지 계셨고, 그나마 차분한 손님들은 환불 정책이나 대체 항공편을 조곤조곤 물었다. 나는 승객들에게 일단 내린 다음 카운터로 가서서 지상 직원의 안내를 받으시면 된다고 떠넘기듯 말했다. 환불이나 대체 항공편을 예약해 주는 건 승무원인 내가 할 수 있는 일이 아니기 때문에 떠미는 것은 아니었지만, 비행 안 하고 빨리 퇴근이나 하고 싶은 내 심보 때문인지 떠넘긴다는 마음이 들었던 것 같다. 승객들은 투덜대며 내렸다.

우리도 내리기 전 마지막으로 기내를 한 번 둘러보는데 분실물을 발견했다. 승객의 것으로 보이는 파우치였다. 무전기로 지상 직원에게 분실물 습득을 알렸다. 지상 직원은 카운터로 가져다 달라고 부탁했다. 보통은 수하물 찾는 곳에 있는 지상 직원에게 전달하는데, 지금은 결항 편 승객들을 응대하느라 모든 인력이 동원된 듯했다. 나는 기꺼이 그러겠노라고 무전을 쳤다. 일찍 퇴근하는데 무엇이 대수랴! 오른손에는 캐리어, 왼손에는 손님의 파우치를 들고 카운터로 걸어갔다.

그런데 막상 카운터 앞까지 간 나는 곧바로 지상 직원에게 다가갈 수 없었다. 직원 모두가 성난 승객들을 상대하고 있었기 때문이다. 궂은 날씨로 인한 결항도 아니고 항공기 정비 문제로 결항이 되었기에 아무래도 승객들 역시 항공사에 책임을 물을 수밖에 없을 것이다. 그럼에도 삿대질은 기본이거니와 고성에 도를 넘은 폭언이 오가고 있었는데, 이를 목격한 나는 꼼짝없이 자리에 서 있을 수밖에 없었다. 한 승객은 지금 당장 무릎 꿇고 사죄하라며 "네가 무릎 꿇을래? 쟤가 무릎 꿇을까?" 하며 고심하듯 무릎 꿇을 상대를 고르고 있었다. 옆에 선 사람은 말리기는커녕 한 사람을 콕 집어 티켓을 끊어줬던 쟤가 꿇어야 한다며 쌍욕을 퍼부었다. 본인도 버거울 정도로 욕을 퍼부었는지 목울대가 붉어지고 핏줄이 부풀어 오른 모습이었다. 방금 전까지 기내에 점잖게 앉아 있던 얼굴인지라 그 격차에 놀라서 더욱 꼼짝할 수 없었다. 그는 다음 날에도 회사에 전화해서 다음에도 결항되면 칼 들고 그 직원을 찾아가겠다 협박했다. 우리는 이 협박 전화를 어떻게 조치하면 좋을지 대책 회의까지 가졌다.

서비스 최전선에서 일하는 우리에겐 웬만한 소리에도 끄떡없는 맷집이 생긴다. 어서 자고 다음 날 출근하기 위해서, 사람답게 살기 위해서 폭언에 집중하기보다 외면하고 덮어버리는 기술을 나름 터득하고야 마는 것이다. 그렇다고 해도 "무릎 꿇어라. 다음엔 칼 들고 찾아가겠다" 같은 말에 완전히 괜찮을 사람은 없다. 고객이 길길이 날뛰는 상황에 적절하게 대처하고 대응하는 요령은 익힐지라도, 내 안위까지 위협하는 말은 들을 때마다 마음이 싸늘하게 식는다. 가슴살을 저미는 듯한 잔인함에 얼굴에서 표정이 지워지면 그것이 또 폭언을 들어 마땅한 이유가 되어버린다.

저 사람은 모른다. 우리가 얼마나 두렵고 쓸쓸한지. 닿을 수 없는 거리감에 얼마나 막막한지. 일관된 웃음을 지어 보이기 위해 실은 얼마나 경직되어 있는지. 모르니까 저럴 수 있다. 모르니까. 알려고도 하지 않으니까.

그렇게 멀지도 가깝지도 않은 거리에서 그들을 지켜보며 생각하는데, 한 직원이 내가 서 있음을 알아차리고 다가와 손에 들려 있던 파우치를 가져갔다. 나는 엉거주춤하다가 집에 가기 위해 돌아섰다. 조금 전까지 나와 함께 비행기에 있던 승객들에게 가까이 다가갈 배짱도 없었고, 지상 직원에게 뭐라도 도울 건 없는지 물을 용기조차 없었다. 집에 도착해 씻은 뒤 회사에 제출할 결항 보고 리포트를 작성했다.

'비행 몇 편, 기체 정비 점검으로 인한 결항 통보', 보기에 참 간단하고 무뚝뚝한 문장을 써넣었다.

며칠 뒤 비행 나가는 길, 그날 온갖 폭언을 감내했던 운송 직원을 만났다. 혹여 괜히 다시 상처를 헤집는 꼴이 될까 봐 그날 일을 에둘러서 표현하며 말했다. 그날 너무 고생 많았다고, 현장에서 든든하게 지원해 주셔서 고맙다고. 애매모호하게 말하는 나와 달리 그는 분명히 말했다.

"지상에서는 얌전하다가 기내에서 폭발하는 경우도 많잖아요. 카운터에서 슬슬 시동 거는 분들 보면 저희끼리는 승무원분들 걱정해요. 어떡하지, 아직 아무것도 모르고 계실 텐데… 저희는 어디로 도망이라도 갈 수 있지, 기내에서는 옴짝달싹 못 하잖아요."

지상에 있으면서도 하늘 위 기내 풍경까지 찬찬히 헤아려 보는 그였다. 그 넉넉한 마음에 나는 금세 쪼그라들었고 부끄러웠다. 나는 그날 결항 소식에 기뻐한 사람이었다. 집에 갈 생각에 그저 좋아한 사람이었다. 지상 직원들이 떠안게 될 몫까지 미처 짐작하지 못한 비좁은 시야를 가진 사람이었다.

《최소한의 사랑》(웅진지식하우스) 작가의 말에서 저자 전경린은 이렇게 말했다.

가장 최소한의 것들을 지키지 못해 세상엔 이토록 많은 고통과 상처가 난마처럼 얽히는 것이다. 최소한을 지키기가 이렇게도 어려운데, 왜 우리는 최대한의 욕망에 휘둘려 혼란에 빠지는 것일까.

최소한의 양심, 최소한의 친절, 최소한의 정직, 최소한의 용기. 생각해 보면 대부분의 일이 최소한의 것을 지키지 못해 생기는 문제였습니다. 최소한만 지켜도 서로가 상처로 남진 않았을 거예요. 타인도 나와 같이 피로한 몸과 하루에도 몇 번씩 크게 파도치는 감정을 가진 사람이라는 걸 최소한 제대로 인식하기라도 했다면, 서로에게 위협이 아닌 위로로 남았을 텐데 말이에요.

가위바위보 할래요?

난기류 구간이라
승무원 좌석에 앉아 있는데

한 아이가 고개를 돌려
계속 쳐다보았다

가위바위보 할까?
가위바위보~

아이가 심심해 보여
입 모양으로
뻥긋뻥긋 말해봄

가위바위…

아이는
손을 들더니
게임을
시도했다

가위바위
보!!!

응??…

매우 당황

명절 비행

명절에 비행한다고 할 때의
흔한 반응

물론 아쉬울 때도
있긴 하다

하지만 명절에 비행하는 것이
좋은 이유도 있다

비행 중 승객들이 챙겨주신
떡이랑 과일, 간식거리 잔뜩~!

③ 하루에 네 번 비행기를 타면

국내선 비행이 하루에 네 번이나 있는 날은 부담되기 마련이다. 비행에서 가장 바쁘고 집중해야 하는 구간이 이착륙을 할 때인데, 하루에 여덟 번씩이나 뜨고 내리면 녹초가 되기 때문이다. 오늘도 각오를 하고 출근했는데, 안면이 익은 단골 승객이 첫 번째 비행에 탑승해 반갑게 인사를 나누었다. 두 번째 비행에서는 방학을 맞아 할머니 댁 가는 길에 탑승했던 꼬마 승객을 또다시 만났다. 아이는 승무원 언니를 또 만나고 싶었다고 수줍게 말하더니 품에 쏙 안겼다. 세 번째 비행에서는 항공업계에서 일하고 싶다는 중학교 3학년 학생들을 만났다. 어린 나이에도 목표가 뚜렷한 모습이 기특해 기내에서 줄 수 있는 건 다 챙겨주었고 함께 일할 날을 기다리고 있겠다는 쪽지도 남겼다. 힘들 것만 같았던 비행이 순조롭게 이어졌다.

그리고 서울로 돌아오는 마지막 비행에 한 승객이 탑승했다. 탑승권 좀 보여달라는 나의 요구에 그는 귀찮다는 듯이 눈을 흘기며 지나쳤다. 음료를 드시겠냐는 물음엔 벌레를 내쫓기라도 하듯 손을 내저었다. 착륙 직전엔 오만상을 지으며 펜을 빌려달라길래 펜을 드리며 기내 기념품이라 가지셔도 된다고 했더니 노트에 뭔가를 적고는 "어유, 귀찮게"라며 펜을 바닥으로 던졌다. 비행기에서 하기할 때에도 으레 하는 내 인사에 "에라, 쯧!" 소리를 내뱉으며 유유히 걸어갔다. 마지막까지도 그 승객은 내게 적대적이기만 했다.

나는 두 손을 꼭 쥐고 인사하느라 숙인 머리를 얼마간 들지 못했다. 좋은 승객을 열 명 만났어도 좋지 않은 승객 한 명에 아직도 이렇게 가슴이 내려앉는다.

④ 출근하니 컴플레인이 기다리고 있었다

.

사무장으로 비행한 지 세 달째다. 승무원일 때 몇몇 사무장님의 멋진 브리핑이 기억에 남아 매번 브리핑에서 할 말을 준비해 갔다. 오늘 브리핑에선 서비스 시 승객과의 스몰토크를 강조했다. 승객과 대화를 나누지 않으면 기억에 남는 얼굴이 없고, 기억에 남는 얼굴이 없으면 결국 기억에 남는 비행이 없다는 식으로 장황하게 말을 이어나갔다.

비행에선 신입 승무원에게 모범이 되고자 열정을 다해 승객들에게 스몰토크를 시도했다. 신입 승무원은 그런 나를 우러러보며 말했다.

"사무장님은 손님들에게 정말 친근하게 다가가십니다. 저는 손님이 아직 무섭기도 하고 부끄러워서 잘 못 다가가겠습니다."

나는 괜스레 우쭐한 마음이 들어 우리가 이끌어야 하는 손님들을 무서워하면 어떡하냐고 코를 찡긋하며 말했다.

오늘 사무실에 가니 컴플레인이란 놈이 팀장님과 함께 나를 기다리고 있었다. 바로 전 비행에서 들어온 컴플레인이었다. 내가 다른 승객과 과도하게 이야기를 나누었다는 내용이었다. 좌석 번호를 살펴보니 며칠 전 이야기를 나눴던 승객의 바로 옆자리였다. 그 승객과는 한 마디도 나누지 않은 기억이 났다. 아뿔싸. 그 승객에겐 시끄러웠을 수도 있겠고, 승무원이 수다나 떨며 안전에 집중하지 못하는 모습으로 비쳤을 수도 있겠다는 생각이 들었다. 아니면 자기한텐 말을 안 걸어서 삐졌나…?

어쨌거나 덕분에 사무장으로 비행하며 여러 측면을 고려해야 함을 되새긴다. 안전과 서비스의 비중을 적절히 안배하는 일, 한 명의 승객에게만 집중하지 않고 전체를 아우르는 일. 내가 맡은 구역의 승객들에게 서비스를 마치고 '야호!'를 외치며 끝냈던 신입 시절과는 다른 시각이다. 아직도 배울 게 이렇게나 많다. 그나저나 또 컴플레인이라니. 당분간 스몰토크 따위 안 할래….

⑤ 잘못은 날씨가 했지만

대부분의 교통수단이 그렇듯 비행기도 날씨의 영향을 많이 받는다. 오늘은 전국적으로 강풍을 동반한 비바람이 불고 도착지 공항에는 안개가 잔뜩 껴서 기상이 좋지 않았다. 김포공항 국내선 공항의 전광판에는 '결항' 또는 '지연'이란 문구가 속출하기 시작했다. 그중에서 유일하게 우리 항공사만 결항이 되지 않았다. 이렇게 될 경우, 결항된 항공편의 승객들이 우리 회사 쪽으로 넘어오게 돼 있다. 결국 다른 승객들까지 모두 태우고 비행을 시작했다.

비행 내내 많이 흔들리기는 했지만 가까스로 도착지 공항의 상공으로 와서 착륙 준비에 들어갔다. 그런데 하강하던 비행기가 다시 날아오르는 것이 아닌가. 도착지 공항에 낀 안개로 시정(視程, 목표물을 명확하게 식별할 수 있는 최대 거리, 대기의 혼탁도를 나타내는 척도)이 좋지 않아 착륙 시도에 어려움을 겪는 것 같았다. 이후 다시 한번 착륙 시도에 실패했고, 기장님에게서 인터폰으로 연락이 왔다. 소식을 들은 나는 좌절했다.

기장님은 시정이 너무 낮아 활주로가 안 보여서 착륙을 할 수가 없다고 말했다. 따라서 우리 비행기는 출발 공항으로 다시 되돌아간다고 덧붙였다. 나는 알겠다고 대답했다. 알겠다고 말은 했지만… 앞으로 우수수 쏟아질 컴플레인이 걱정되었다. 실제로 컴플레인은 지상의 비처럼 마구 쏟아져 내렸다.

한 승객은 결혼식의 축가를 맡았는데, 이렇게 다시 되돌아가면 어떡하냐고 금방이라도 울 것 같은 얼굴로 내 팔뚝을 움켜잡았다. 심지어 상공이라 친구에게 연락조차 할 수 없었다. 이럴 줄 알았으면 KTX를 타고 가는 건데, 왜 무리해서 비행기를 출발시켜 가지고 자신을 곤경에 빠뜨리냐며 쏘아붙이기 시작했다. 다른 한 승객은 어머니의 49재인데 자신만 빼고 온 가족이 다 모였을 거라며 어떡할 거냐고 내게 되물었다. 어머니 가시는 길, 편안하게 못 보내드린 책임을 지라고도 말했다. 또 다른 승객은 부모님이 도착지 공항에 마중을 나와 있는데, 연락할 방도가 없겠느냐고 물었다. 착륙 시도를 3번이나 실패하고 돌아가는 터라 시간은 배배배로 늦은 상황이었다.

나는 아예 고개와 허리를 펼 생각도 하지 않고 계속 굽신거리며 읊조렸다.

"죄송합니다. 저희가 어떻게든 모시려고 했는데… 날씨가 갈수록 안 좋아져서… 정말 죄송합니다."

날씨를 탓하면 애초에 왜 출발했느냐는 질타가 돌아올 뿐이었다. 감당해야 할 몫이었다. 여전히 굽신거리며 뒤쪽의 승객에게도 도착 후 안내 사항을 전달하기 위해 나아가는데 이런 소리가 들렸다.

"고개 들어요."

멈칫한 상태에서 살짝 고개를 드니 한 부부가 나를 바라보며 다시 이렇게 말했다.

"고개 들어요. 어쩌겠어요, 날씨가 잘못인걸."

두 분 다 이목구비가 동글동글하니 인상이 좋은 분들이었다.

내게 고개 숙이길 강요한 승객도 있었고 고개 숙이라 가르친 회사도 있었지만, 고개를 들라고 말한 손님은 처음이었다. 나는 직감했다. 앞으로 비행을 하다 나도 모르게 움츠러들며 고개가 숙여지려고 할 때 분명 이 장면이 떠오르겠다고. 적대적이고 냉랭한 분위기 속에서 그것만으로도 든든한 기분이 들고 말았다.

⑥ 타인을 생각하는 시간

비행 후 도착한 호텔의 깔끔하고 하얀 침대보, 한국에선 맛볼 수 없는 로컬 식당의 정취, 현지에서 저렴하게 쇼핑하는 쏠쏠한 재미까지, 모두 비행하며 내가 애정하는 것들이다. 하지만 가장 반갑고 기쁜 마음이 들게 하는 건 단연 비행에서 만나는 승객들이다.

승무원은 기내에 화재가 발생했을 땐 소방관으로, 아픈 사람이 나타나면 간호사로, 불법행위가 일어나면 경찰이 되어 제재를 가하기도 하는 다양한 역할을 가진 사람이다. 모든 측면에서 타인의 안위를 위하는 일이다. 여기서 얻는 감동이 있다. 타인을 생각하며 좋은 사람이 되어가는 과정에서 느끼는 감동이다. 타인을 도우라는 뻔한 이야기라고 하겠지만 결국 그 얘기를 하지 않고는 좋은 직업도, 좋은 삶이라는 것도 나는 논할 수 없을 것 같다.

　살면서 남을 위해 생각하고 행동하는 시간이 얼마나 될까. 승무원으로 일하는 동안만큼은 나 자신보다 승객의 안전을 생각하고 더 나은 서비스를 제공하기 위해 시간을 보낸다. 내가 마음을 다하면 그들에게 도움이 되고, 그들을 미소 짓게 한다는 사실이 가끔씩 큰 행운처럼 느껴진다. 이 직업을 가진 자의 행운이다. 감사할 따름이다.

비행하는 일에
여행하는 설렘을 더하여

선물을 고르는 승객의 표정은
모두 똑같다

수더분한 인상의 중년 남성 승객이 손을 들어 보이며 불러 세웠다. 그는 쭈뼛쭈뼛하며 기내 면세품 책자를 펼쳐 한 페이지를 집게손가락 끝으로 가리켰다. 그리고 쉰 목소리로 물었다.

"이거… 이거 말이여, 여자들 얼굴에 처바르는 거 맞지? 아가씨, 이거 하나 줘요."

승객이 말하는 제품은 고급 브랜드의 화장품 종합 팔레트였다. 아내를 위한 선물일 것 같다고 생각했다. 집에 돌아가 여전히 걸걸한 말투로 비행기에서 주웠다며 건넬 것만 같은 모습이 그려져 다른 때보다 더 정성스럽게 포장했다. 물건을 들고 다시 승객 앞으로 갔다. 승객은 아직까지 책자를 들여다보고 있었다.

"손님, 오래 기다리셨습니다. 주문하신 면세품으로 ○○ 팔레트 세트 준비해 드리겠습니다. 결제는 어떻게 하시겠어요?"

승객은 계속 책자를 보면서 물었다.

"어어… 근데 아가씨, 이거 뭐 이렇게 조잡시러워? 뭔 색깔이 이리 알록달록해요?"

나는 사진 속 팔레트 칸마다 집게손가락으로 가리키며 말했다.

"이쪽 칸은 입에 바르는 립스틱이고요, 이쪽은 눈에 바르는 아이섀도, 이쪽 칸은 볼터치…"

승객은 내가 말한 화장품이 어디에 바르는 건지 그의 언어로 다시 확인했다.

"어어… 요거는 주둥이, 요건 눈에, 저거는… 볼 뭐? 볼따구?"

"아, 헷갈리시죠. 여러 화장품이 하나에 담긴 종합 팔레트라서…. 그런데 아마 사모님이 보시면 잘 아실 거예요."

"우리 와이프 잘 몰러. 허구한 날 장사만 하느라꼬. 평생 화장 한번 잘 안 하던데. 그러다 할망구 다 됐잖아."

　나는 그래도 그의 아내가 화장품을 받아 보면 잘 알 거라 짐작했지만, 한편으론 승객의 마음을 안심시켜 주고 싶었다. 수더분하고 순박한 인상의 승객이었고, 말투는 꼭 살아생전 우리 할아버지 같았다. 어쩐 일로 비행기에 탑승했는지 궁금했지만 한일 노선이라 그런 것까지 얘기하고 있을 시간이 없었다.

　"아⋯ 그러시구나. 그럼 잠시만요, 잠시만 기다려주세요."

　갤리로 돌아가 손바닥만 한 메모지를 한 장 꺼냈다. 메모지에 화장품 팔레트의 단면과 똑같이 그림을 그리고, 네모나게 구분된 칸마다 글씨를 작게 써넣었다.

· 아이섀도(눈꺼풀)

· 볼터치, 블러셔(볼 발그스레하게)

· 립스틱

· 컨실러(기미, 주근깨, 잡티 가리기)

· 하이라이터(바르는 부위를 환하게 밝혀주기)

　완성된 메모지를 들고는 종종 재바른 걸음으로 다시 그 승객에게 돌아갔다. 나는 메모지와 화장품 팔레트 사진을 번갈아 가리키며 설명하기 시작했다.

"손님, 이건 볼에 바르는 건데요, 볼을 발그스레하게 만들어주는 거고요. 이거는 눈꺼풀을 반짝이게 해주는 거예요. 제 눈꺼풀 보시면 반짝반짝하니 예쁘죠? 이거는 컨실러인데 사모님 잡티 가리고 싶은 곳에 바르시면 되고, 이거는… 하이라이터니까 콧등 살려주는 용도로 쓰시면 돼요. 메모지에 뭐가 뭔지 적어놨어요."

그러고 있자 옆에 앉은 다른 승객 두 명이 내 얼굴과 화장품을 번갈아 가며 쳐다보았다. 아마도 그때 나는 승무원이 아니라 화장품 판매원이나 뷰티 방송 진행자처럼 보였으리라. 조금 남우세스러웠지만 승객이 뭉툭하고 투박한 손끝으로 메모지의 네모 칸을 짚어가며 하나라도 놓칠세라 따라오는 모습을 보니 뭐든 어떠랴 싶었다.

승객은 "아아, 그러니까 이건 이거고 저건 저거고" 하며 몇 번 내게 확인한 끝에 눈가와 입가의 깊은 주름을 더욱 짙게 만들며 그제야 환하게 웃었다. 주름들이 너무 분명해서 나는 마치 그 주름이 그가 밟고 걸어온 지난 삶의 지도 같다는 생각을 했다.

이마에 가로로 선명하게 팬 서너 개의 주름은 아마도 IMF 때 생활고로 생겨나지 않았을지. 세로로 깊게 자리한 팔자 주름은 아이들이 사춘기로 속 썩일 때 생겼을 것이고, 눈가에 아로새겨진 잔주름은 한밤중 아내의 작게 우는 잠꼬대를 숨죽여 느끼면서 생겨나지는 않았을지.

기내에서 만난 승객의 지난 모습을 상상해 보는 일은 비행하면서 생긴 버릇이었다. 내 맘대로 펼쳐보는 상상은 그만하라는 듯 승객이 말했다.

"고마워요, 아가씨. 더 늙은 아줌마, 아니 할망구 되기 전에 곱게 분칠이나 해보라고 급하게 하나 사는 건데…. 아무튼 고마워요. 이거랑 아가씨가 그려준 그림이랑 고대로 같이 주면 되겠네. 고마워."

나는 결제를 하며 아내분께서 분명 기뻐하실 거라고, 좋은 선물이 될 거라고 말했다. 면세품 판매 담당 승무원에게 영수증을 건넸다. 승무원은 다른 동료들이 각자 판매해서 넘긴 모든 영수증을 정리하고 있었는데, 얼핏 봐도 열 장은 넘어 보였다. 그새 많이 팔린 모양이었다.

비즈니스맨들은 오가는 출장길에 사랑하는 여성용 선물을 종종 샀다. 여자 친구에게 무슨 선물이 좋을지 고민하다가 선

뜻 고르지 못하고 승무원에게 추천 상품을 물어보는 사람도 있었고, 오래된 사이로 이미 취향을 잘 알아 과감히 주문하는 사람도 있었다. 우물쭈물하며 고민하는 모습과 대담하게 고르는 모습 중 무엇이 더 근사하다고 말하기는 어렵다. 내 눈에는 모두 사랑이 그득한 이들로 보였을 뿐이다.

나는 갤리를 정리하며 ○○ 팔레트를 손에 들고 있는 승객을 생각했다. 부끄러워서 좀처럼 사본 적 없는 여자 화장품을 아내에게 어떻게 건넬지. 조금은 우쭐하며 아내 앞에서 멋쩍게 웃을지도 모른다. 그 웃음으로 얼굴 가득 자리 잡은 주름이 더욱 사려 깊게 패어 보일지라도.

선물이 감동인 이유는 선물 그 자체가 아니라 나를 위해 어떤 선물을 할지 고심하는 그의 모습과 시간이 고맙기 때문이잖아요. 민망함을 무릅쓰고 꽃 한 송이를 사서 들고 오는 모습, 부담스러운 분위기의 액세서리 매장에서 민망하지 않은 척 목걸이를 고르는 모습, 그 색이 그 색같이 보이는 립스틱을 보며 혼란스러워하는 모습.

그러니 뭐 어때요. 사실 장미보다 프리지아가 더 좋아도, 목걸이의 펜던트가 좀 촌스럽고 립스틱 색이 내 얼굴에 맞지 않아도, 나를 기쁘게 해주고자 한 그의 마음만큼은 제일 예쁘잖아요.

지금 당신이 떠올리는 그 사람에게

내일 있을 비행 준비로 캐리어에 짐을 챙깁니다. 여권과 아이디 카드, 앞치마, 펜, 손소독제, 비행에 필요한 정보를 적은 메모지, 화장품 등 챙겨야 할 물품이 많은데요. 이렇게 나열한 것들 외에도 제가 잊지 않고 챙기는 물건이 있습니다. 저만의 비행 필살기라고나 할까요. 비행 무기라고 내세우는 건 다름 아닌 편지지입니다. 비행할 때마다 아기자기한 편지지나 카드를 챙기게 된 계기가 있습니다.

벌써 오래전 일입니다. 신입 승무원 시절, 저는 걸핏하면 비행 중에 토를 했습니다. 그날은 싱가포르 비행으로 동료들과 싱가포르의 명물인 칠리크랩을 배불리 먹고 돌아가는 비행기에 올랐습니다. 아니나 다를까, 비행기가 이륙하고서 얼마 지나지 않아 속이 메슥거리기 시작했습니다. 이제 막 서비스를 시작했는데 계속해서 구역질이 올라와 몇 번이고 화장실로 뛰어갈 수밖에 없었습니다. 칠리크랩은 왜 또 그렇게 많이 처먹었는지 아무리 속을 게워내도 끊임없이 올라왔습니다.

결국, 그날 저는 사무장의 지시 아래 서비스에서 배제됐습니다. 승객 인원에 맞춰 승무원이 탑승하기 때문에 한 명만 빠져도 서비스 구역부터 동선까지 혼란이 옵니다. 그날 일하지 못한 저로 인해 동료 승무원들은 기내에서 곱절로 걸어 다니며 제 구역의 승객들까지 맡아주었습니다. 눈치 보이고 미안한 마음도 들었지만 저는 저대로 화장실을 들락날락하며 퍽 지쳐 있는 상태였습니다.

비행을 마치고 착륙하자 속이 더 쓰리고 허했습니다. 저는 좀비 같은 몰골로 무거운 캐리어를 질질 끌며 동료들과 사무실로 향했습니다. 그저 빨리 호텔로 돌아가 유니폼을 벗어던지고 쉬고 싶은 마음에 디브리핑을 마치고 서둘러 일어서려던 때였습니다. 옆에 앉아 있던 동료 승무원이 카드를 건넸습니다. 비행 내내 저의 등을 계속해서 쓰다듬어주고 뜨끈한 물을 챙겨주었던 동료였습니다. 카드 안쪽에는 그날 함께 비행한 모든 승무원의 이름과 그들이 남긴 메시지가 담겨 있었습니다. 기장님의 메시지까지 말이죠.

'비행 시작한 지 얼마 안 돼서 힘들지? 그래도 우리는 네가 좋은 승무원이 될 거라고 믿어. 힘내!'

'몸 관리가 제일 우선이야. 운동 열심히 하고, 잘 챙겨 먹고! 다음 비행 때는 아프지 않길 바라. 오늘 너무 고생 많았어. 항상 건강해.'

'우 상, 칠리크랩 그렇게 맛있게 많이 먹더니… 아까워서 어떡해. 다음에는 즐겁게 웃으면서 비행하고, 맛있는 거 먹고 토하지 말자!'

카드를 읽어나가며 마음 한편이 뭉근하니 따뜻해졌습니다. 역류한 위산으로 쓰리던 속마저 아무는 기분이었습니다. 제 몫을 하지 못한 동료에게 충분히 짜증 날 만도 한데, 오히려 저를 살뜰히 챙겨주는 마음 씀씀이가 느껴졌습니다. 저마다 다른 동료들의 글씨체도 모두 귀여웠습니다. 저는 그 카드를 비행 가방 깊숙이 넣어두고는 꽤 오랫동안 부적처럼 챙겨 다녔습니다. 몸도 마음도 균형 잡지 못했던 신입 시절에 여러 모로 큰 힘이 된 카드였거든요.

그로부터 꽤 시간이 흐른 뒤, 블랙리스트에 이름을 올린 고참 승무원과 비행을 하게 됐습니다. 저희 승무원들 사이에는 진상 승객 블랙리스트만 존재하는 것이 아니라 같이 일하기 어렵고 힘든 '승무원 블랙리스트'까지 있습니다. 일하는 방식이 유달리 까다로운 사람, 브리핑 때 꼭 어려운 질문을 하는 사람, 자기 일까지 후배에게 다 떠넘기는 사람 등등 블랙리스트에 이름이 오른 연유는 다양하지만 가장 조심해야 할 인물은 그냥 성격이 더러운 사람이지요. 성격 더러운 승무원은 후배 승무원에겐 마녀처럼 못되게 굴고 불호령을 내리다가도 승객 앞에선 미소 천사로 변모합니다. 그 격차에 소름 돋은 적이 한두 번이 아닙니다.

하여간 승무원 블랙리스트에 철저하고 까다로운 사람이라고 적힌 승무원과 비행하는 날이었습니다. 그날이 그의 마지막 비행이라고 다른 동료들이 귀띔해 주었습니다. 그럴 만도 한 것이 딱 보기에 환갑은 되어 보였습니다. 머리카락 한 올도 빠지지 않도록 세게 묶은 쪽머리에는 듬성듬성 흰머리가 자리 잡고 있었거든요.

마지막 비행인데도 어찌나 일을 열심히 하고 후배에게 엄격하게 구는지 모두가 그의 눈치를 보며 일하느라 긴장한 상태였습니다. 서비스가 끝나고 갤리에서 교대로 밥을 먹는데, 그와 함께 먹게 되었습니다. 아무래도 일본인 승무원들이 어려운 선배와 함께 밥을 먹기 싫어 만만한 외국인 승무원인 저를 갤리로 집어넣은 것 같았습니다. 그와 시답잖은 이야기를 나누며 밥을 먹다가 마지막으로 비행하는 기분이 어떠냐고 물어보았습니다. 그는 제 물음에 대답하기는커녕 한국인 승무원 중 K를 아느냐고 물었습니다. K 승무원은 제 바로 위 기수인 선배였습니다. 저는 안다고 대답했습니다. 그러자 그는 싱긋 웃으며 옆에 놓인 손가방을 뒤적거리기 시작했습니다. 쪼글쪼글하게 주름진 얼굴 뒤로 그렇게 환한 미소가 숨어 있는 줄 몰랐습니다. 젊었을 적에는 꽤 미인이었겠다는 생각이 들었습니다.

얼마간 가방을 뒤적거리던 그는 제게 대뜸 카드 한 장을 내밀었습니다. 색이 바래고 모서리가 너덜너덜해진 꾀죄죄한 카드였습니다. 그는 의기양양하게 말했습니다.

"오래전에 K 승무원이 준 거야."

카드를 열어 보니 선배님의 서툰 일본어가 카드 한 면에 빼곡히 채워져 있었습니다.

나도 당신 같은 승무원으로 그렇게 오랫동안 일하고 싶어요. 진짜 멋있어요.

카드를 읽어 내려가는 내게 그가 말했습니다.

"나는 오랫동안 승무원으로 비행할 수 있어서 행복했어."

블랙리스트에 오를 정도로 까탈스럽던 그에게도 K 선배님이 건넨 편지가 마지막 비행에 이르기까지 큰 힘이 되었나 봅니다. 저는 그렇게 예상치 못한 타이밍에 생각지도 못한 사람에게 받은 편지가, 그 편지에 담긴 글귀가 다시 일터에서 묵묵히 복무하게 만드는 힘을 준다는 사실을 알게 됐습니다. 그래서인지 언젠가부터 자연스럽게 비행 갈 때 편지지를 가지고 다니게 됐습니다. 오랜만에 비행에서 만난 선후배에게 반갑다고 짤막한 메시지를 쓰기도 했고, 생일을 맞은 동료나 결혼을 앞둔 동료에게 축하 편지를 쓰기도 했습니다. 비행기를 처음 탄 아이 승객에게 기념 카드를 쓸 때도 있었고, 비행 내내 탈이 많았던 승객이나 승무원 동료에게 격려를 가득 담은 쪽지를 쓰기도 했습니다.

메일, 채팅 어플, 메신저, SNS 등을 통한 소통이 만연한 세상입니다. 메신저와 SNS를 사용하면서 전화 한 통도 잘 안 하게 됐지요. 밥벌이로 바빠 안부 전화를 하는 것도 번거롭게 느껴질 때가 있습니다.

그래서인지 편지와 편지에 담긴 정성스러운 손 글씨가 특히나 그리운 요즘입니다. 한 자 한 자 꾹꾹 눌러 써 내려간 글자에 담긴 그 마음 말이에요. 메신저가 편리하기는 해도 손 글씨에서 번져 나오는 은근한 마음까지 대신하지는 못합니다. 친구들도 남자 친구한테 편지 좀 받아보고 싶다며 서운해하는 것을 보면 말이죠. 팬들이 괜히 좋아하는 스타의 사인 한 장 받겠다고 몇 시간을 서서 기다리겠습니까. 초판 사인본이 괜히 비싸겠냐고요.

특유의 글씨체로 그가 어느 부분에서 고민하고 망설였는지, 어느 부분에서 거침없이 써 내려갔는지를 짐작하게 해주는 글. 그렇게 손 글씨에서만 뿜어져 나오는 정다운 느낌이 있는 것 같습니다. 글씨체가 바르면 '이 사람은 글씨까지 반듯하네' 하면서 한 번 더 멋있고, 글씨체가 지렁이 같으면 그건 또 그거대로 귀엽고, 뭐 그런 거 아니겠습니까.

쉬는 날에는 서점에 가서 책을 고르다 옆에 있는 팬시 전문점에도 들릅니다. 아기자기한 일러스트가 그려져 있는 카드,

파스텔 색조의 편지지, 귀여운 이모티콘 모양의 엽서를 손에 잡히는 대로 골라보는 거예요. 누구한테 쓸지도 모르면서 일단 사놓고 보는 거죠. 받는 사람은 신혼부부 승객일 수도 있고, 그날 비행에서 대화를 가장 많이 나눈 승객일 수도 있겠지요. 어쩌면 예전의 저처럼 아직 비행에 적응하지 못한 신입 후배에게 쓸 수도 있고, 제가 본받고 싶어 하는 선배일 수도 있겠네요. 쉬는 날 오랜만에 만나는 친구에게 줄 선물에 곁들여 쓰는 카드일 수도 있고, 사랑하는 부모님께 쓰는 것일 수도 있겠고요. 나의 마음이 유려한 문장은 아니더라도 끄적거리는 손끝에 담겨, 상대방에게 온전히 전해지기를 바라면서요.

어떤가요.
당신이 지금 떠올리는 그 사람에게 손 편지 한 장 써보지 않으시겠어요?

애쓰고 깨지던 시간이
버티는 힘이 되어준다면

비행기만 타면 구토를 했다. 승무원이란 직업이 신체적, 정신적으로 힘들단 거야 짐작하고는 있었는데 몸소 겪어보니 이게 장난이 아니었다. 다른 승무원은 시차 적응을 못 하거나, 기압차 때문에 피로하면 두통을 호소하거나 컨디션이 좋지 않을 뿐인데 나는 비행이라는 환경에 유독 맞지 않았던 건지 토를 했다.

구토도 그냥 한 번 하고 마는 게 아니었다. 중장거리 비행에서 비행은 계속되고 그럼 내 오장육부의 메스꺼움도 계속되어 한 비행에 여덟 번까지 토한 적도 있다. 틈만 나면 화장실을 들락날락한 거다. 문제는 토악질이 서비스 이후에만 우아하게 찾아오는 게 아니었다는 점이다. 승객과 마주 보고 앉아 있는 승무원 좌석에서 이륙 도중 구역질을 시작해 바로 앞에 앉은 승객을 사색으로 만들었고, 서비스 중 승객에게 트레이를 건네다가 훅 올라오는 기내식 냄새에 임신한 여자처럼 '우읍!' 손으로 입을 막으며 화장실로 달려가기도 했다.

그중에서도 최악은 식후 따뜻한 커피와 차 서비스를 할 때였다. 기내 가득히 음식 냄새가 진동했고 나는 점점 내장이 뒤틀려옴을 느꼈지만 서비스는 계속해야 했다. 갤리에서 커피를 들고 기내로 나가 "커피 드시겠습니까?"를 외치며 한 바퀴 돈 다음 뒤쪽 화장실에서 시원하게 토했다. 대충 입을 헹구고 다시 갤리에서 녹차를 들고 기내로 나가 "녹차 드시겠습니까?"를 외치며 한 바퀴 더 돌았다. 그리고 또 토하고 다시 갤리에서 홍차를 들고 기내로 나가 홍차 서비스까지 마쳤다. 만석임에도 승무원 인력이 최소로 투입되어 비행할 때는 서비스가 너무 바쁘니까 구토도 틈틈이 챙겨서 했다.

토 좀 한다고 서비스에서 배제되어 동료들에게 민폐를 끼치고 싶지는 않아 몰래몰래 한 짓이었는데, 아무리 몰래 한다고 해도 어깨를 들썩거리며 화장실로 달려가는 모습에서 대부분 눈치를 채기 마련이었다. 그래서 그때 일본인 승무원들 사이에서 나는 '토 좀 하는 한국인 승무원'으로 통했다. 그렇게 비행하는 기간이 1년을 넘어갈 때쯤 몸이 너무 힘들어서 그만둘까도 싶었다. 내 몸이 비행에 안 맞는다고 보내는 신호라고 생각했다. 하루는 어김없이 구역질이 올라와 이 몸뚱이가 원망스러워서 기내 화장실에서 쿵쿵 뛰다가 발을 찧어 욕지거리를 중얼중얼 내뱉었다. '이제 진짜 그만두라는 소리인가' 생각이 들 때 동시에 뒤따르는 또 다른 생각이 있었다.

'아니, 근데 이거 내가 어떻게 얻은 직업인데? 내가 얼마나 힘들게 승무원이 됐는데? 토 하나 때문에 승무원이란 직업을 포기해야 한다고? 이렇겐 못 그만두지.'

오기 가득한 생각이었다. 언제부턴가 그 생각 하나로 버텼다. 버티면서 토를 물리치기 위한 방안을 찾아 나섰다. 병원에서는 내가 위장이 약해 잠을 못 자거나 컨디션이 안 좋으면 위장이 바로 자극을 받아 속이 메슥거리는 거라고 했다. 위장에 특별한 효능이 있다는 강황을 챙겨 먹었고, 시차로 잠 못 드는 밤이면 미리 처방받은 수면제를 먹고 잤다. 비행 전 조금이라도 안 좋은 조짐이 느껴지면 정신을 깨워줄 새콤달콤한 음료나 군것질거리를 먹었다. 비행 중에는 승객들에게 더욱더 집중하여 정신이 몸의 신호에 민감하게 반응하지 않게 하려 애썼다. 그렇게 2년 차로 넘어가니 슬슬 내 몸도 시차와 기압차에 적응하는 게 느껴졌다. 적응이라기보단 무뎌졌다고 보는 게 맞는 것 같기도 하다. 주야장천 쏟아지던 토사물에서 벗어나자 비행에도 여유가 생겼고 마음이 놓였다. 그나마 다행이다 싶은 마음으로 비행을 이어가는데 내 앞엔 또 다른 2차 고비가 기다리고 있었다.

2차 고비는 바로 승객이었다. 고비라 함은 당연히 평범한 승객은 아닐 테고 지금 생각해도 무례하기 짝이 없는 승객들이겠다. 연차가 오래 쌓인 지금이야 웬만한 진상 승객을 만나도 끄떡하지 않지만, 3년 차까지는 그래도 매번 좌절했던 것 같다.

처음으로 내게 소리를 질렀던 승객을 기억한다. 그때까지만 해도 사람 면상에 대놓고 그렇게 고래고래 윽박지르는 일을 해본 적도 당해본 적도 없었다. 그는 내가 물티슈를 주지 않았다고 교육을 어떻게 받은 거냐며 소리를 빽 지르더니 손가락으로 내 어깨를 툭툭 밀었다. 소리만 내지른 거면 그나마 괜찮았을 텐데, 내 몸을 건드리자 위협까지 당하는 기분이 들어 손이 부들부들 떨렸다. 나는 신입이었고, 금세 내 옆으로 온 사무장이 허리를 굽신거리며 사과하자 나도 덩달아 사과해야 할 것만 같은 분위기였다. 입으론 '스미마센'이라고 말하면서도 어처구니가 없었다. '진짜 다 싫다'라고 생각하면서 동시에 뒤따른 생각은 '참 나, 이딴 식으로 난리 쳐도 나 쉽게 안 그만둔다고. 나 버틸 거라니까?'였다. 내 일을 향한 끈질긴 태도 앞에선 어떤 일도 대수롭잖게 여길 수 있었다.

'승무원이 되면 즐겁게 비행하면서 오래오래 일해야지.'

승무원 시험에서 떨어질 때마다, 준비하는 기간이 길어질수록 내가 가졌던 마음이다. 그 간절한 바람과 뚝심 있는 다짐이 승무원으로 비행하면서 지칠 때마다 나를 지탱해 주었다. 힘들다가도 비행이란 걸 해볼 수 있음에 감사한 마음을 되새겼다. 취업 준비생 때는 직장만 구하면 끝인 줄 알았는데, 승무원 되면 꽃길 비행만 할 줄 알았는데, 나는 승무원으로서도 계속 잘 살아가야 했다. 그리고 승무원으로 계속 잘 살아가는 힘은 다른 데서 온 게 아니라 막막하고 힘든 시기를 겪은 과거의 나에게서 나왔다.

이 글을 읽고 있을 누군가도 하고 싶은 일을 하기 위해 부딪치고 깨지면서도 한 걸음이라도 더 나아가기 위해 부단히 애쓰고 있을 겁니다. 그 힘든 시기가 훗날 우리를 일으켜 세우는 원동력이 되기도 하겠죠. 가끔은 그 힘으로 일하고 또 때로는 새삼스럽게 감사하는 마음도 생길 것이고, 절망적인 순간을 맞닥뜨렸을 때 버티는 힘이 될 수 있을지도요. 우리 삶의 사건들은 시간순으로 일어나지만, 그것들이 우리에게 주는 의미에는 중요성에 따라 또 다른 순서가 있다고 합니다. 어쩌면 고난이란 경험은 어느 순간에 고도의 전략이나 전술 같은 것으로 변모해 우리에게 힘을 주고 있을지도요.

운명을 비껴간 그 사람

　　그렇게 다 죽고, 나만 살아남았다는 생각에 한동안 왜 하필 나였을까란 생각을 했었다고 그는 말했다. 그는 전직 대형 항공사의 안전보안요원이다. 그 시절에는 승무원과 안전보안요원을 구분했다. 안전보안요원은 일반 승객처럼 보이기 위해 사복을 입고 탑승해 비행 내내 좌석에 앉아 있다. 그들의 주 업무는 객실 보안 담당으로 승무원 또는 기체 안전에 위해를 가하는 사람을 경계하고 저지하는 일이다. 테러리스트를 색출해 막는 것은 물론이기에 총도 소지했다.

　　안전보안요원으로 근무했던 그는 요령을 부리지 않았다.

좌석에 앉아만 있느라 졸릴 만도 한데 그럴 때마다 주먹을 쥐었다 폈다 하거나 냉수를 마시고 허벅지를 꼬집으며 버텼다. 몇 번인가 대취한 승객을 저지한 적은 있어도 다행히 테러리스트는 없었고 승무원에게 폭행을 가하는 승객도 없었다. 그래도 그는 늘 피곤하리만큼 경계를 늦추지 않았다.

나는 비행을 하면서 때때로 영화 속 한 장면 같았을 그 남자의 모습을 떠올렸다. 총을 옷 속에 몰래 소지하고 날카로운 눈빛으로 승객들의 기색을 낱낱이 훑어보는 모습 말이다. 영화 〈논스톱〉에서도 리암 니슨이 보안요원으로 나온다. 〈논스톱〉은 고도 4만 피트 상공에 떠 있는 비행기 안에서 폭탄 테러가 발생하고, 탑승객 전원이 인질이자 용의자로 몰리는 상황에서 보안요원 리암 니슨이 이를 막기 위해 일어나는 과정을 그린 고공액션 블록버스터다. 나는 젊었을 적 그의 모습을 리암 니슨에 대입해 손에 땀을 쥐고 영화를 보았다. 실제로 미국은 911 테러 이후 더 많은 보안요원을 뽑았다.

항공사는 사건 사고를 철저히 방지하고자 전력을 다한다. 하지만 불행히도 사건 사고와 마주하는 항공기는 생기기 마련이었다. 우리가 잘 아는 항공사에서도 크고 작은 항공 사고가 있었다. 승객과 승무원 전원 사망으로 수백 명의 희생자를 낸 큰 사고부터 다행히 한 명의 사망자도 없는 작은 사고까지. 그는 그중에서 전원 사망한 큰 사고를 비껴갔다.

원래 일정대로라면 그는 함께 미국으로 비행을 나간 승무원들과 돌아와야 했다. 그런데 미국에서 2박 3일을 지내는 동안 갑자기 스케줄이 변경되어 그만 먼저 한국으로 돌아왔다. 그리고 그 다음 날 한국 땅을 밟았어야 할 항공기가 상공에서 폭발했다. 그는 거실 소파에 앉아 과일을 집어먹으며 TV를 보다 속보로 뜬 사고 소식을 접했다. 자리에서 꼼짝도 할 수 없었다.

그 남자는 사고를 맞닥뜨린 그 항공기에서 함께했던 승무원들을 이따금 떠올린다. 하필이면 유독 그들은 그에게 친절했다고 한다. 원래 보안요원과 승무원은 잘 어울리지 않았다. 기내에서 맡은 업무가 다를뿐더러 보안요원은 사복을 입고 신분을 위장하기에 눈에 띄지 않기 위해서라도 승무원과 말을 섞지 않았다. 그렇게 일하면서 친해지기는 퍽 어려우니 해외에 도착한 후에도 같이 관광을 하러 나가거나 식사하는 일은 드물었다.

"그런데 그때 그 사람들은 이상하게 친절하더라고. 나도 친근하게 느껴지기도 했고. 그래서 같이 시내 관광도 하러 나가고, 식사도 함께 했지.”

남자는 손가락 마디마디를 짚으며 말했다. ‘이상하게’ 친절했다는 말이 내 귀에 걸렸다.

그는 한 승무원의 이야기도 덧붙였다. 기내를 한 바퀴 둘러보던 그는 뒤쪽 갤리에서 미술 책을 뒤적이는 남성 승무원을 보았다. 졸음을 쫓기 위해 커피를 부탁했고 그 승무원은 바로 따뜻한 커피 한 잔을 내주었다. 그는 커피를 한 모금 마시고는 뻔히 그림이 눈앞에 보이는데도 무슨 책인지 물었다. 승무원은 미술 책이라고 대답하며 다음 달에 일을 그만두고 다시 그림 공부를 시작하려 한다며 머쓱하게 웃었다.

사고 후 그 남자는 서점에서 미술 책을 골라 기념비 앞에 두고 왔다. 그 후로도 매년 그 사고가 났던 날이면 추모 기념비 앞으로 간다. 아무리 바빠도, 몸이 안 좋아도 예외는 없다. 탑승객 전원의 이름이 새겨진 추모 기념비 앞에서 그는 아무 말도 하지 않는다. 다만 눈을 감고, 그때 이상하게 친절했던 승무원들의 얼굴을 하나하나 떠올려 본다. 살아 있다면 지금 그의 모습처럼 눈가에 주름 서너 개가 깊게 자리하고 그 주변으로 기미도 생겼을 얼굴들을. 그리고 이름 모를 수많은 얼굴의 승객을.

그 남자는, 우리 큰아버지다. 기념비에 아로새겨진 이름 석 자는 아직도 너무나 또렷한데, 이제는 흐릿하게 떠오르는 얼굴에 미안해서, 그게 너무 미안해서 큰아버지는 기념비 앞에서는 눈을 쉬이 뜰 수 없다고 했다.

⸺⸺⸺⸺⸺⸺ 📍 ⸺⸺⸺⸺⸺⸺

이 이야기를 들려주시던 큰아버지의 얼굴을 기억합니다. 중간중간 눈을 지그시 감으셨는데요, 추억하는 것도 아니고 울먹이는 건 더욱 아닌, 다만 수십 번이고 혼자서 되새겼을 그날의 비행을 다시 한번 천천히 되감는 듯 보였습니다. 아무 말도 할 수 없던 저 역시 기억하고픈 마음을 담아 글로 남깁니다.

내게 다시 비행하고 싶냐고
묻는다면

나는 마지막 회사에서 객실 사무장으로 근무하며 직급은 과장이었다. 하루는 비행 전 브리핑을 하는데 팀장님이 불시 점검을 나왔다. 팀장님은 내 뒤로 몸을 숨기면서 자기는 신경 쓰지 말고 평소처럼 하라고 말씀하셨다. 나는 혹여나 빠뜨리는 내용이라도 있을까 봐 그날따라 브리핑을 아주 꼼꼼히 했다. 브리핑이 끝나자 팀장님은 기다렸다는 듯이 지적 사항을 쓴 종이를 내보이셨다. 순간 최신 지시 및 공지사항 내용을 다루는 걸 빠뜨렸나 당황했지만, 어피어런스 항목으로 꾸려진 표의 빈칸에는 반듯한 글씨체로 이렇게만 쓰여 있었다.

매니큐어를 바르지 않음.

　사실 팀장님이 갑자기 등장하자마자 내가 했던 생각도 '헉, 하필 오늘 매니큐어 안 발랐는데!'였다. 브리핑을 진행하면서도 틈틈이 손가락을 잔뜩 오그라들게 만들었는데, 예리하신 팀장님께선 이미 간파했었나 보다. 나는 어색하게 웃으며 부랴부랴 가방에서 투명 매니큐어를 꺼내 발랐다. 팀장님은 소용없다며, 다음부턴 미리 바르고 출근하라는 일침을 놓았다. 나이 서른둘에 회사의 용모복장규정대로 손톱에 매니큐어를 바르지 않아 벌점을 받고 혼이 난 꼴이다.

　그 후로 비행 전날에는 꼭 손톱에 매니큐어를 바르고 마를 때까지 유튜브를 보거나 멍하니 있다가 잠들곤 했다. 그땐 그게 참 중요한 일이었는데, 지금 돌이켜 보면 상사 앞에서 맨손톱을 숨기려고 손가락을 꼬물거리며 애썼던 내 모습이 우습다. 회사에서 나와보니 그 안에서는 당연하게 여겨지던 일들이 꼴사납기까지 한 것이다. 나의 브리핑이 너무 완벽했기에 맨손톱밖에 지적할 게 없었던 걸까.

　요즘의 난 선크림도 바르지 않은 상태에서 벙거지 모자에 마스크를 쓰고 회색 티에 검정 고무줄 바지 차림으로 서점이나 카페로 향한다. 비행하면서 꼭 사용했던 화장품 파우치를 열어보지 않은 지도 오래다. 거울을 보면 눈썹 정리가 안 돼 있고, 속눈썹 파마는 다 풀려 밋밋한 눈매지만 지금 거울 속의 내 모습이 훨씬 마음에 든다. 편안하다는 뜻이다. 마스크를 벗을 때마다 번진 화장을 고칠 필요도 없고, 묵직한 파우치 대신 책 한 권을 넣는다. 무엇보다 내가 다른 사람에게 어떻게 보일지 신경을 훨씬 덜 쓰게 되면서 가슴 한구석이 개운해졌다.

비행은 분명 즐거웠고, 비행하며 만난 승객과 기내에서 일어난 이야기는 모두 아끼는 추억으로 남아 있지만 비행 준비 과정에서 필수적으로 해야 하는 화장이나 매니큐어를 바르는 일까지 즐겁진 않았다. 때론 그 과정이 거추장스럽게만 느껴졌다. 나는 시차 때문에 잠을 잘 못 자면 졸리기 이전에 구역질부터 올라왔는데(앞에서 말했듯 비행 중 토하는 승무원으로 유명했다), 하루는 몸살 기운까지 겹쳐 죽을 맛이었던 적이 있다.

LA에서 한국으로 돌아오는 비행이었다. 쇼업 시간(출근 시간)이 다 되어 겨우겨우 일어나 화장을 하려는데 세상에, 팔에 화장할 힘조차 들어가지 않는 것이었다. 화장할 시간에 조금이라도 더 누워 쉬다가 나가고 싶은 마음이 굴뚝같았다. 하지만 승무원에게 화장은 선택 사항이 아니라 회사 규정으로 존재하는 필수 사항이었다. 결국 나는 드러누운 상태에서 손으로 톡톡톡 비비크림을 발랐고, 눈썹과 아이라인과 입술은 휘뚜루마뚜루 그렸다. 그놈의 화장이 뭐라고.

또 한 번 화장으로 곤욕을 치른 비행이 있다. 당일로 제주도를 다녀오는 비행이었는데, 제주도에 도착하고 보니 기상이 악화되어 바로 돌아갈 수 없는 상황이었다. 결국 비행은 결항되었고 우리는 제주도에서 하룻밤 묵고 다음 날 돌아가기로 했다. 기장님들은 호텔 근처 흑돼지 맛집을 검색하셨고, 나를 비롯한 승무원들은 "어떡해!"를 외쳤다. 화장을 지울 제품도, 아침에 화장할 기초 제품도 없었기 때문이다. 파우치에 있는 수정 화장용 화장품만으로는 부족했다. 우리는 호텔에 도착하자마자 근처 드러그스토어에서 클렌징 제품을 샀고, 다음 날 다시 같은 곳에 가서 눈치를 보며 화장하고 돌아가는 비행기에 올랐다. 그날 이후 나는 당일치기 비행이여도 혹시 모를 상황에 대비해 가방에 모든 화장품을 구비해 다녔다.

코로나 사태로 두 달 이상 월급이 밀리면서 나는 회사를 그만두었다. 더 이상 비행은 하지 않지만 여전히 김포공항 근처에 살다 보니, 동네에서 선후배 동료를 우연히라도 자주 보게 된다. 집에 있는 몰골로 잠깐 볼일을 보러 나갔다가 마주치면 서로 쑥스러워한다. "내가 지금 쌩얼이라…" 하고 다급하게 덧붙이는 설명도 빼놓지 않는다. 나도 자주 했던 말이다. 친구나 남자 친구를 만날 때, 오늘 쌩얼이라며 변명하듯 멋쩍어하는 모습으로 말이다. 여전히 내 쌩얼에 자신감을 가지기는 어렵지만 앞으로 익숙해지고 싶고 익숙해져야 한다고 생각한다. 그리고 쌩얼로 누군가를 만났을 때 "내가 오늘 쌩얼이라 이해해"라는 소리부터 안 하려고 꾹 참는다. 내 쌩얼이 누군가의 이해를 받아야 하는 영역은 아닌 것이다.

이 글을 쓰러 동네 카페에 나와 2층 창가 자리에 앉아 있는

지금, 창밖으로 한 승무원이 캐리어를 끌며 재바르게 걸어가는 모습이 보인다. 저 캐리어 안에 어떤 물건들이 들어 있을지 나는 너무 잘 안다. 각종 헤어 제품과 화장품이 한 자리를 차지하고 있겠지. 내게 다시 '비행'을 하고 싶으냐 묻는다면 언제든지 그렇다고 답할 텐데, 동시에 나는 화장을 하지 않고 매니큐어를 바르지 않는 지금의 생활도 결코 포기할 수 없겠다고 느낀다.

─────────────── 📍 ───────────────

역시… 정정해야겠습니다. 억지로 화장을 할 필요도 없으며 맨손톱으로도 '비행'을 할 수 있겠냐, 그렇게 하고 싶으냐 묻는다면 조금의 망설임도 없이 격하게 고개를 끄덕이고 말 것이라고요.

사직서를 품지 않았지만
퇴사를 했다

'월급 안 주셔도 됩니다, 승무원으로 비행만 시켜준다면… 제발 저 승무원 한 번만 시켜주세요.'

승무원을 준비하던 시절 면접에서 번번이 떨어질 때마다 그렇게 생각했다. 처음에는 고소득 서비스직으로 해외도 마음대로 다닐 수 있으니 승무원이 되고 싶었는데 시험에서 다섯 번, 여덟 번씩 떨어지자 오기가 생겼던 것이다. 내가 승무원이란 직업에 자질이 있고 없음을 떠나 이젠 왜 승무원이 되고 싶은지도 모르겠고, 대체 얼마나 대단한 사람을 뽑길래 나를 번번이 떨어뜨리는지 그저 분한 심정. 그 유니폼 나도 한번

입어보자, 나도 너네 비행기 한번 타보자, 내가 일 더 잘할 수 있거든? 월급 안 줘도 되니 승무원으로 비행 한번 시켜봐, 보여줄 테니까, 그런 심보.

한때 가졌던 그 심보 탓일까. 진짜 월급이 안 나오기 시작했다. 유니폼을 입고 비행기에서 승객을 맞이해 도착지까지 모시는 일, 겉으로 보기에 돌아가는 일은 똑같았다. 월급만 나오지 않을 뿐. 월급날은 이미 3주가 지났고, 회사에선 언제까지 주겠다는 말도 없다. 기약 없는 기다림에 나는 하루에도 몇 번씩 계좌를 확인했다. 10년 전 마음에 품었던 생각, 월급 안 주셔도 됩니다, 승무원으로 비행만 시켜준다면…. 그딴 미친 생각을 가슴에 고이 품고 면접을 보러 다녔다니! 스물두 살 어린 나이라 월급이 얼마나 신성한 것인지 잘 몰랐다고 해도 그 어리석은 생각을 잠시나마 강하게 품었기 때문에 지금 이 모양 이 꼴이 난 건 아닌지 나 자신이 원망스러웠다. 요즘 세상에 월급이 안 나오다니, 미친. 지하철도 안 다니는 새벽 시간에 비행하러 가느라 택시 잘만 잡아탔는데, 미친 미친. 심지어 밀린 월급을 언제 받을지도 모르는데 돈도 못 받으면서 내일도 비행하러 가야 한다니, 이런 미친 미친 미친!

요즘 세상에 월급이 안 나온다는 건 말이 안 되지만 요즘 같은 세상이어서 월급이 안 나올 만도 했다. 코로나 바이러스가 창궐한 2020년이고 내가 몸담고 있는 분야는 코로나 직격탄을 맞은 항공업계였다. 국내외 항공사가 연이어 도산했고, 국내 신생 항공사들은 운항을 제대로 시작하기도 전에 무급 휴직에 들어갔다. 월급이 밀리는 항공사는 우리뿐만이 아니었다. 외국 항공사에 다니던 한국인 승무원들은 하루아침에 정리해고를 당해 한국에 들어왔다. 급기야 코로나 사태가 10개월째 이어지며 강제 휴직 상태였던 승무원이 얼마 전 극단적인 선택을 했다. 나는 그 소식을 다른 항공사의 승무원인 친구가 보낸 메시지로 들었다. 그 친구 역시 휴직 7개월째였다.

승무원으로 비행하지 않으면 무슨 일을 하며 살 수 있을까. 하늘에서 일한 경력은 땅으로 이어지기 어려웠다. 현장직인 우리는 컴퓨터에 미숙하고 사무 능력이 부족했다. 몸이 좋지 않아 그만둔 선배는 나이가 서른 중반을 넘어서 그런지 카페 아르바이트도 구하기 어렵다고 했다. 코로나 때문에 자의가 아닌 타의로 이직을 고려해야 하는 지경에 이른 시점에, 승무원 학원이나 서비스 강사 말고도 우리가 할 수 있는 다른 직종에 대한 이야기는 지금 승무원들 입에 가장 자주 오르내리는 주제일 것이다.

나부터도 지금 몸담고 있는 곳이 나의 마지막 항공사일 거라고 생각한다. 무급 및 강제 휴직에 이어 구조조정까지 이루어지고 있는 마당에 승무원을 새로 채용하는 항공사가 있을리 없고, 만에 하나 채용 공고가 난대도 된다는 보장은 없으니까. 마지막이라고 생각하는 지금 항공사마저도 전 직원 월급이 밀리는 실정이니 회사가 언제까지 버틸 수 있을지 모르겠다. 월급이 나오지 않으니 내가 먼저 떨어져 나갈 수도 있는 일이다. 그렇게 비행 인생이 여기서 끝이라고 생각하면 아찔한 심정이다.

같은 이유로 분명 힘들어하고 있을 신입 승무원을 만나 짬뽕을 먹었다. 다음 달부터 휴직에 들어갈 친구였다. 그녀는 휴직 기간 동안 공무원 공부를 시작해 보겠다고 말했다. 휴직이 길어지고 혹시나 회사가 잘 안되면 그대로 공무원 수험생이 되겠다고. 그녀 나이 스물다섯살, 뭐라도 할 나이였다. 그래서 한층 가벼운 톤으로 말했다.

"그래! 그렇게 해서 진짜 공무원 되면 얼마나 좋아!"

신입은 짬뽕 건더기를 뒤적이느라 고개를 숙인 채 말했다.

"아니에요, 사무장님. 저는 진짜 공무원이 되더라도 승무원으로 비행하는 것보다 행복할 거라고 생각하지 않아요. 그게 더 좋은 일인지도 모르겠어요."

순간 머쓱했다. 하기야 10년을 비행한 나도 아직까지 그렇게 비행이 좋다고 다른 일은 쳐다도 안 보며 살았는데, 이제 막 1년을 겨우 채운 신입에게 비행은 얼마나 아득한 성질의 일일까. 기내에서 환하게 웃는 모습이 특히 더 예뻤던 신입은 마음속으로 5년, 10년은 더 비행하고 있었을지도 모르는데. "사무장님은 정말 대단하세요"라고 말하면서 내심 본인도 사무장이 되어 책임지고 가꾸어나갈 비행을 고대했을지도 모르는데. 부끄러울 만큼 내 생각이 너무 짧았다.

내일은 아침 7시까지 공항 사무실로 출근해야 한다. 오늘도 월급은 여전히 들어오지 않았고 회사에서 아무 말 없는 걸 보면 지난달 밀린 월급에 이어 이번 달 월급 역시 못 받을지도 모르겠다. 그런데도 나뿐만 아니라 모든 직원이 태연한 표정으로 일하기에 비행기는 뜨고 내린다. 11월 추운 날씨 탓에 아침 비행이면 새벽 일찍부터 나와 점검하는 정비사님들의 코끝이 빨갛다. 기장님들은 극단적 선택을 한 승무원의 기사를 보고 걱정스러운지 괜히 간식거리나 커피를 더 사주시며 안

부를 묻는다. 카운터와 사무실에서도 별 탈 없이 현장 업무를 지원하기에 승객들은 어김없이 우리 앞으로 온다. 공항은 코로나 이후 반 이상 줄어버린 노선과 편수로 한적해 보이지만 모두 비행을 위해 여전히 일하고 있다.

"월급 받지 않아도 좋으니 비행만 하게 해주세요."

그 바람대로 나는 지금 월급을 받지 않은 채 비행한다. 그래서 식당 음식을 사 먹기보다 집에 있는 재료로 간단한 요리를 해 먹지만, 멜론보다는 양도 많고 값싼 귤을 장바구니에 담고, 제일 좋아하는 ○○ 오렌지 주스보다는 유통기한 임박으로 30% 세일하는 주스를 마시지만 그래도 아직 비행할 수 있음에 안도한다. 자신 앞에 있는 승무원이 월급 못 받는 줄도 모르고 성질내는 승객도 우리가 언제 또 이렇게 승무원과 승객 사이로 만나겠냐며 애틋하게 쳐다보고, 내릴 때 '수고하셨습니다' 말하는 승객은 10년 비행 인생 수고했다고 말씀해 주시는 것만 같아 또 한 번 애틋하게 바라본다. 핑크빛으로 보랏빛으로 시시각각 변하는 하늘의 모습도 더는 무한히 볼 수 없을 것 같아 가만가만 내려다본다. 부드러워 보이는 구름이, 너무 빠르게 지나간다.

지난 비행 일지들을 들춰본다. 제목을 보면 〈노부부 승객의 말하지 않아도 알 수 있는 사랑〉, 〈입양 가는 아이 손님과 함께한 비행〉, 〈비행기에서 만난 북한 승객〉, 〈응원의 눈길이 가득했던 비행〉, 〈칭찬 카드를 받기 위해 발악하는 승무원〉 등 하늘 위 기내에서만 일어날 수 있었던 에피소드가 가득하다. 이럴 줄 알았으면 더 작은 사건 사고도 꼼꼼하게 기록할걸, 하는 후회가 밀려온다. 기내라는 공간이기에 특별할 수밖에 없는 일이 앞으로도 나를 기다리고 있을 것만 같은데 코로나가 다 앗아간 기분마저 든다.

얼마나 더 오래 지속될지 모르겠지만, 회사도 저도 이 시기를 버텨서 계속 비행 인생을 이어나가길 바랐습니다. 우리 신입도 아직 비행에서 배워야 할 게 너무 많거든요. 공무원 공부 때려치우고 승무원 업무교범을 공부하며 캐리어를 싸고 비행 준비 하는 날이 돌아오기를.

같은 마음

비행 나갈 때마다
현관에서 보던
모습은 매일 같았다

급하게 움직이다
또 화상 입지 말고~

비행기가 출발하면 창밖 정비사님들도
매번 같은 모습이다

찡…

뭉클하고 애틋한
그들의 인사

우리 비행기,
안전하게 모셔다
드리고 돌아와~

하늘 위에서, 하늘 위라서

보면 늘 기분 좋아지는 모습이 있다

…

승객이 하늘과 구름을
감상하는 모습이다

땅에 발붙이고 있을 때를 생각해 본다

거리의 사람들은
갈 길 가느라
바빠 보이고,

카페 안 사람들은
할 일 하느라
바쁘게만 보인다

계속 바라만 보고
계시네… 나도 여유롭게
앉아서 보고 싶다…

그래서일까?
하늘 위에서, 하늘 위라서,
멍하니 바라보는 모습이
참 좋아 보인다

그래서 나는 일하느라 잘 보지 못했던
하늘을 땅에서 올려다보곤 한다

바쁘게 걷는 사람들 틈에서 혼자
가만히 하늘을 올려다보는 것이
더 낭만적인 것도 같다

비행기에서 일어나는 일이 궁금하다!

? 막 탑승하려는데 "탑승 준비로 비행이 지연됩니다"라는 방송이 나옵니다. 이 시각 승무원은 비행기 안에서 무엇을 하고 있나요?

! 실제로 공항에서 많이 들리는 방송이지요. 그렇지 않아도 얼마 전 제주도에 가기 위해 김포공항에서 비행기 탑승을 기다리는데, 이런 지연 방송이 나왔어요. 대합실 옆 좌석에 앉은 분이 하는 말이 들렸습니다.

"승무원들이 무슨 준비를 한다는 거야! 화장이라도 고치는 거야, 뭐야?"

저야 그들이 탑승 시간을 지연시키지 않기 위해 기내에서 얼마나 바삐 움직이고 있을지 뻔히 알고 있지만, 모르는 승객은 답답할 수도 있겠다 싶었어요.

승객은 1회 탑승하고 내리지만, 승무원은 그 비행기에 계속 남아서 다음 승객을 맞이하고 다시 또 비행을 준비합니다. 적게는 왕복 노선으로 하루에 2회, 많게는 하루에 4~5회 정도 비행을 하는 것이지요. 그렇게 승무원들은 바뀌지 않고 기내에 계속 있더라도, 일단 앞선 비행의 승객들이 내리고 나면 비행기에 처음 탔을 때와 마찬가지로 다시 보안 점검을 실시해요. 앞 비행에서 혹시 누군가 위험한 물질이나 폭발물을 설치하고 내리진 않았을지 의심하며 기내 구석구석을 샅샅이 살피는 작업을 하는 거죠. 갤리나 화장실 쓰레기통 내부부터 좌석 쿠션 하단 및 좌·우측 벽면과 창가까지 유심히 봅니다. 이외에도 점검해야 할 항목이 많아요. 정비사와 기장 역시 매 비행마다 기체 안전 점검을 시행하고요. 승무원이 바뀌지 않는 비행도 이러한데, 만약 승무원도 교체되는 비행이라면 처음부터 점검해야 하는 항목이 더욱 많아지기 때문에 시간이 배로 걸립니다.

　그런데 참 야속한 것이, 비행은 매번 별별 사유로 연착하고 이는 곧 다음 비행의 지연으로 이어지기 때문에 승무원들은 항상 시간에 쫓기며 탑승 준비를 합니다. 분초를 다투며 점검하다 보면 좁은 기내에서 여기저기 부딪쳐 멍이 들거나 까지거나 베이기도 하고 손톱이 부러지는 일도 많이 일어나더라고요.

❓ 비행기의 어떤 자리가 가장 좋은 자리인가요?

❗ 딱 한마디로 알려드리고 싶은데! 사람마다 선호하는 부분이 워낙 다르고, 기종마다 특징이 조금씩 달라서 좋은 자리를 한 곳으로 지정하기가 참 어렵네요. 그래도 대략적인 기준과 장단점을 알려드리겠습니다.

먼저, 기체 앞쪽 좌석은 흔들림이 적어 멀미가 심한 분에게 좋고요. 기내식이나 음료 서비스를 빠르게 받을 수 있어 인기가 많습니다. 도착지에서 빨리 내릴 수 있다는 장점 때문에 앞쪽 자리를 좋아하는 분이 많죠. 그래서인지 비행기 티켓은 앞쪽 좌석부터 먼저 판매된다고 합니다.

기체의 중간, 비행기 날개 부근 좌석 역시 흔들림이 적어 안정적이에요. 갤리나 화장실에서 멀리 떨어져 있어 내부에서 나오는 소음도 적고요. 하지만 창가 자리에 앉더라도 날개에 가려 바깥 풍경을 보지 못하는 단점이 있어요. 기종마다 다르긴 하지만 엔진 소리가 크게 들릴 수도 있고요.

뒤쪽 좌석은 갤리와 화장실이 있어 오가는 사람이 많다는 단점이 있습니다. 화장실의 물 내리는 소리 등 관련된 여러 불편함이 있을 수도 있죠. 바이킹을 탈 때 양쪽 끝자리가 가장 아찔하듯이, 기체 뒤쪽은 난기류를 만났을 때 흔들림을 가장 잘 느끼는 좌석이기도 해요. 이런 점 때문에 인기가 별로 없는 구역이다 보니 장점도 존재합니다. 바로 빈 좌석이 종종 나온 다는 것이죠. 즉 뒤쪽 좌석에 앉게 되면 주변이 조금 소란스럽 더라도 정작 옆 좌석에는 아무도 없이 갈 수 있는 확률이 높아 진다는 것이지요!

[?] 기내식을 준비하는 공간이 많이 넓어 보이진 않던데 그래도 수많은 기내식을 수용할 공간이 충분한 건가요?

[!] 물론입니다! 갤리는 수납함으로 가득 차 있는 곳이라 기내식 외에도 수많은 양의 음료와 컵, 그릇을 비롯한 각종 서비스 물품과 아이스박스를 꽉 채운 얼음까지 모두 보관되어 있습니다. 비즈니스나 퍼스트 클래스는 레스토랑을 방불케 하는 기내식을 제공하기 위해 크고 작은 식기구까지 다양한데요, 그러다 보니 굉장히 촘촘하고 빽빽하게 서비스 물품을 차곡차곡 쌓아 수납해 둡니다.

맥주나 와인, 위스키 등 주류 역시 부족하지 않을 만큼 충분한 양을 준비해요. 항공사에서 각 노선의 승객 특성과 서비스 물품 제공량을 계산해서 준비해 두기 때문이지요. 하지만 간혹 만석에 장거리일 경우, 특정 맥주나 와인이 동날 때가 있어요. 10시간이 넘는 긴 시간에 걸쳐 제공하다 보니 부족한 경우가 종종 생기는데요, 그래서 승무원은 주류를 제공할 때마다 남은 재고를 살펴보며 얼마 남지 않은 주류를 미리 파악해서 관리합니다. 와인이나 위스키는 재고 상황에 따라 한 잔에 담는 양을 조절하는 경우도 있고요. 캔맥주가 부족하면 다른 주류나 탄산음료를 권한 경험도 있어요.

한편 취한 승객이 기내 안전에 위해를 주는 일이 없도록 따로 주의도 기울여야 합니다. 이는 승객의 안색이나 행동을 살피며 취기를 판단하고 주류 제공에 제한을 두는 방식으로 이뤄집니다. 한 승객이 짧은 간격으로 연속해서 술을 요청하여 마시거나, 많이 취할 염려가 있는 승객이 있다면 음주량 정보를 모든 승무원이 공유합니다. 혹시 모를 상황에 대비해 주의하며 살펴봐야 되기 때문이지요.

❓ 출입국 신고서를 나눠줄 때 승객의 국적에 맞는 언어는 어떻게 고르시나요?

❗ 비행 전에 승무원은 지상 직원으로부터 승객의 국적과 이름 등이 적힌 서류를 건네받습니다. 필요한 경우에 참고하지만, 서비스를 제공할 때마다 이 서류를 들여다볼 시간적 여유는 없지요. 출입국 서류를 나눠드릴 때도 마찬가지예요. 그래서 승무원은 한국어, 영어, 제2외국어로 된 서류를 들고 순간적으로 승객의 얼굴을 살핀 다음 국적을 어림짐작해서 제공해요. 그러다 보니 가끔 중국인 승객에게 한국어 서류를 드리고, 한국인 승객에게 일본어 서류를 드리는 일이 왕왕 일어납니다. 저 역시 그간 다국적 승객을 응대하며 나름 눈썰미가 생겼다고 생각했는데, 백 퍼센트 일치했던 적은 없는 것 같네요!

❓ 밤 비행 시 이륙 후 바로 불을 끄더라고요. 승무원들은 그때 무엇을 하나요?

❗ 장거리 비행에서는 승무원도 교대로 휴식을 취합니다. 근무조는 다음 서비스를 준비하고, 착륙 전 완수해야 할 작업을 진행합니다. 각종 서류 정리부터 서비스 물품 및 면세품 체크 등 할 일은 많지요. 도착지에서 우리 비행기를 넘겨받을 승무원들이 근무하기 편하도록 갤리의 수납함도 미리 정리해 두고, 인수인계 사항을 상세히 적어놓습니다. 동시에 깨어 있는 승객의 요청 사항에 계속 응대하죠. 주기적으로 어두운 기내를 돌아보며 아프거나 특이점이 보이는 승객은 없는지도 확인합니다. 휴식조는 뭘 하면서 쉬냐고요? 보통은 크루 벙크(일반 객실과 구분된 별도의 휴식 공간)에 들어가는 순간 기절한다고 말할 수 있겠습니다.

? 비행기 창문은 왜 동그란 모양인가요? 사각형 창문이 없더라고요?

! 민간 여객기는 보통 3~4만 피트 상공의 높은 고도에서 비행합니다. 고도가 높아질수록 항공기 안과 밖의 기압 차이는 커지게 되지요. 기체 내의 압력이 바깥의 압력보다 급격하게 상승하면서 미세하게 팽창합니다. 임계점을 넘어가면 동체의 균열까지 일어날 가능성이 높아져요. 따라서 기압 차 조절 능력은 항공기가 갖추어야 할 필수이자 중요한 요소입니다.

그런데 창문이 사각형이면 기체 내외 기압 차에 불균형이 일어날 수 있습니다. 사각형의 각진 모서리 한 곳으로 압력이 집중되어 높은 저항을 일으키고, 이는 곧 균열로 이어져 창문을 깨뜨릴 수도 있어요. 그래서 모든 항공기의 창문이 압력을 분산시키는 둥근 커브 형태로 디자인된 것입니다.

❓ 기내는 왜 건조하고 추운 건가요?

❗ 결론부터 말하면, 습도가 현저하게 낮기 때문입니다. 비행기만 타면 피부가 땅기고 목은 바싹바싹 마르는 데다가 콧구멍도 헐어버리는 느낌이지요? 기내의 습도는 10% 정도인데요, 평균 습도가 10~15%인 사막보다 낮죠. 사막보다 습도가 낮다니! 기내가 얼마나 건조한 상태인지 감이 오죠? 같은 온도여도 습도가 높으면 끈적하니 더욱 덥게 느껴지듯 습도가 낮으면 더 쌀쌀하게 느껴지죠. 그렇다면 습도를 높이면 안 되냐고요? 하지만 기내를 낮은 습도로 유지해야 하는 중요한 이유가 있습니다. 습도가 높으면 금속 소재 비중이 높은 항공기의 부식이 쉽게 일어날 수 있기 때문입니다. 누전까지 발생할 위험도 있고요! 게다가 물의 무게만큼 비행기가 무거워지면 연료가 더 많이 필요해 결과적으로 운송비가 비싸질 수 있거든요. 또한 낮은 습도는 수많은 사람이 타고 내리는 기내에서 세균이 번식하지 않도록 도와줍니다. 기내에는 승객이 춥지 않도록 담요가 항상 준비되어 있습니다. 단, 무상으로 제공하는 물품이 아니므로 가져가는 것은 안 됩니다.

? 이착륙할 때 기내 조명을 어둡게 하는 이유는 뭔가요?

승무원은 이륙 전과 착륙 전, 기내 조명을 어둡게 설정합니다. 그 이유는 비상 상황에 대비해 눈을 미리 어둠에 적응시켜 두기 위함입니다.

항공기 사고는 이착륙 시에 가장 많이 발생합니다. 언제 어떤 사고 혹은 충돌로 위험에 처하게 될지 모르니, 승무원은 항상 항공기에서 승객의 비상 탈출을 돕는 상황에 대비해야 합니다. 승객 역시 승무원의 지시에 협조하며 다른 승객의 탈출을 도와야 하고요. 그런데 만약 기내가 바깥보다 밝다면, 기내에서 긴급하게 탈출하더라도 어두운 외부 환경에서 시야를 잠시 잃고 말 것입니다. 시력을 되찾기까지 단 10초가 걸린다 하더라도 긴박한 상황에선 1분 1초가 중요하니까요. 이착륙 때 기내가 어두워지면 승무원과 함께 비상 탈출에 대비해 눈을 어둠에 적응시키는 시간이라고 생각하면 되겠습니다. 그렇다고 이착륙 때 너무 긴장하진 말자고요!

나의 비행은 멈춰도,
당신의 여행은 계속되길

승무원이라고 하면 어김없이 쏟아지는 질문들이 있었다.

"가봤던 나라 중에 제일 좋은 곳은 어디에요?"

"어떤 진상 승객 만나봤어요?"

"뉴욕 가면 뭐하고 노세요? 호텔은 진짜 다 5성급으로만
줘요?"

갑작스럽게 던져진 질문 앞에 별다른 대답을 내놓지 못했
다. 그들이 기대하는 만큼 생생하게 들려줄 이야깃거리가 없
었던 게 이유인 것 같다.

나는 운 좋게도 원하던 직업을 가질 수 있었지만, 정작 승무원이 된 후엔 아무 생각 없이 캐리어나 끌고 다녔다. 공항과 공항을 넘나들며 낯선 도시와 호텔과 결코 적응할 수 없는 시차의 경계에서 시간은 잘도 흘렀으니까.

하루는 약속 시간에 늦은 친구를 기다리다 서점에 들렀다. 그날따라 유독 책 제목에서 특정 직업들이 눈에 띄었다. 소방관, 간호사, 응급의학과 의사, 장례지도사 등 여러 직업인이 쓴 책에 둘러싸여 나는 바짝 쪼그라들며 초라함을 느꼈다.

'저 사람들은 본업에 임하면서도 기록을 남겨 자신만의 이야기를 남겼구나. 나도 승무원으로 몇 년째 비행 중인데... 나는 뭘 했지? 뉴욕을 서른 번도 넘게 갔는데, 그곳에서 뭘 보고 뭘 느꼈지?'

남은 게 없었다. 그때부터였다. 비행일지를 쓰기 시작한 것이.

12시간의 비행을 마치고 호텔에 도착하면 당장 뻗고 싶더라도 승객이 내게 건넨 따뜻한 말 한마디를 잊지 않으려 메모했고, 몇 번씩이나 들어야 했던 사무장님의 잔소리도, 어느새 내가 사무장이 되어 못마땅했던 일들도 모두 썼다. 진상 승객을 만나기라도 한 날이면, '이것도 기록해야지!'라며 이야기를 하나 더 수집했다고 기뻐했다.

그렇게 쌓인 기록들을 이 책에서 완성했다. 비행 생활을 마무리한 지금도 내 안에는 무수한 이야깃거리가 남았다. 비행을 더 이상 하지 않더라도 수많은 기억과 기록을 들춰 보며 든든하고 충만한 기분을 금세 느껴버릴 만큼.

이 책에는 화려하고 우아한 승무원은 없다는 사실을 꼭 밝히고 싶다. 이 책은 승객에게 머리채까지 잡힐 뻔했던 좌충우돌 승무원의 직업 이야기에 가깝다. 그 속에는 공항도 있고, 비행기 속 공간도 있고, 함께 일하는 동료도 있고, 무엇보다 나를 울고 웃게 해주었던 여행자도 있다.

독자들이 한 번은 꼭 만났을 나의 업무 현장 이야기에서 더 나아가 많은 이들에게 여행의 설렘을 전하고 또 공감하고 웃을 수 있는 이야기가 되길 바란다. 그러다가 한 번쯤은 독자들의 일과 업무 현장, 그리고 함께 일하는 사람들이 조금은 다른 느낌으로 떠오르면 좋겠다. 자신만의 일 이야기를 기록할 수 있는 기회가 될지도 모르니까. 그리고 그 누군가의 기록은 또 다른 누군가에게 깊은 이해를, 다정한 시선을, 때로는 번뜩이는 통찰을 갖게 해줄 수도 있을 테니까.

이 책을 만난 이에게 무엇 하나라도 전할 수 있길, 어떤 종류의 따뜻함이라도 갖게 할 수 있기를 바라는 마음으로, 꽤 오랜 시간 하늘에서 보냈던 나의 비행 시절을 고이 담아 당신에게 보낸다.

나는 멈춘 비행기의 승무원입니다

초판 1쇄 발행 2022년 1월 19일
초판 4쇄 발행 2024년 9월 25일

지은이 우은빈
펴낸이 이범상
펴낸곳 (주)비전비엔피 · 애플북스

기획 편집 차재호 김승희 김혜경 한윤지 박성아 신은정
디자인 김혜림 이민선
마케팅 이성호 이병준 문세희
전자책 김성화 김희정 안상희 김낙기
관리 이다정

주소 우) 04034 서울특별시 마포구 잔다리로7길 12 (서교동)
전화 02) 338-2411 | **팩스** 02) 338-2413
홈페이지 www.visionbp.co.kr
인스타그램 www.instagram.com/visioncorea
포스트 post.naver.com/visioncorea
이메일 visioncorea@naver.com
원고투고 editor@visionbp.co.kr

등록번호 제313-2005-224호

ISBN 979-11-90147-91-0 03810

- 값은 뒤표지에 있습니다.
- 잘못된 책은 구입하신 서점에서 바꿔드립니다.
- 이 책의 본문은 '을유1945' 서체를 사용했습니다.